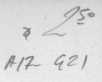

A17 G21

COLLECTION FOLIO

Jack Kerouac

Le vagabond américain en voie de disparition

Précédé de

Grand voyage en Europe

Traduit de l'américain
par Jean Autret

Gallimard

Ces nouvelles sont extraites du recueil
Le vagabond solitaire (Folio n° 1187)

D'origine canadienne et française, Jean-Louis Lebris de Kerouac est né dans le Massachusetts en 1922. Il effectue un passage éclair à l'Université où il se consacre surtout au football, avant de décider de sortir des sentiers battus. Pour vivre, il exerce tous les métiers : pompiste, cueilleur de coton, matelot, déménageur... C'est en 1944 à New York qu'il fait la connaissance d'Allen Ginsberg et William Burroughs qui deviennent ses compagnons de virées nocturnes dans les boîtes de jazz où se mêlent alcool, drogue, homosexualité, délires poétiques et musique. Il commence un roman, *Avant la route*. En 1947, il rencontre son « jumeau », Neal Cassady, et tous deux sillonnent les États-Unis. Il s'inspire de cette expérience pour écrire, en trois semaines sur un rouleau de télex, selon une technique nouvelle, la « littérature de l'instant », *Sur la route*, qui paraît en 1957. Le succès est immédiat et le roman devient le manifeste de la *Beat Generation* : entraîné par Dean (double de Neal Cassady), Sal abandonne New York à la fin des années 1940 pour se lancer dans un voyage effréné à travers tous les États-Unis. Cocasse ou tragique, le récit prend des allures de quête intérieure.

Kerouac écrit et publie beaucoup les années suivantes : *Docteur Sax, Les clochards célestes, Les anges vagabonds, Satori à Paris, Big Sur,* roman autobiographique dans lequel le héros cherche à fuir San Francisco et les beatniks, jeunes gens désenchantés, révoltés et anticonformistes. Miné par l'alcool et la drogue, il meurt en Floride à quarante-sept ans en reniant ses amis du mouvement *Beat* et affichant publiquement des idées conformistes.

Kerouac a mêlé si étroitement sa vie à son œuvre qu'elle en est elle-même la substance. Il est présent dans presque tous ses livres. Dans l'écriture s'enchevêtrent la réalité, les souvenirs, le rêve, les visions, pour aboutir à une méditation sur la vie.

Grand voyage en Europe

J'ai économisé sou par sou et soudain j'ai tout dépensé dans un grand et merveilleux voyage en Europe, et autres lieux ; et alors je me suis senti léger... et gai.

Il me fallut plusieurs mois mais je finis par me payer la traversée sur un cargo yougoslave qui partait de Brooklyn Busch Terminal, en direction de Tanger.

Un matin de février, en 1957, nous partîmes. J'avais une grande cabine double pour moi tout seul, et tous mes livres ; à moi, la paix, le calme et l'étude. Pour une fois j'allais être un écrivain qui n'était pas obligé de travailler pour les autres.

Les cités d'Amérique, avec leurs bacs à pétrole, s'estompent derrière les vagues ; nous traversons l'Atlantique maintenant, en douze jours, direction Tanger, ce port arabique qui dort sur l'autre bord — et après que la terre battue par les vagues eut disparu à l'ouest, der-

rière les flots, aïe donc ! une tempête nous dé-
gringole dessus ; sa violence grandit sans cesse
jusqu'au mercredi matin ; les vagues ont deux
étages de haut, elles submergent l'étrave, défer-
lent à grand fracas, jettent leur écume sur la
vitre de mon hublot ; de quoi faire trembler un
vieux loup de mer ; et ces pauvres bougres de
Yougoslaves qu'on envoie dehors pour resser-
rer les amarres des camions et les encorder
avec des drisses et des câbles qui les fouettent
en sifflant, dans cette tempête salée soulevée
par le « bourapouche » ; ce n'est qu'après que
j'ai appris que ces hardis Slaves avaient deux
petits chatons camouflés dans l'entrepont et
lorsque l'orage se fut calmé (et que j'eus
aperçu la vision blanche et resplendissante de
Dieu, tant ma frayeur avait été grande) (quand
je pense que nous aurions pu être obligés de
mettre les canots de sauvetage à la mer, au milieu de ce désespérant magma de mers monta-
gneuses) — (et paô, paâ, paô, les vagues arrivent, de plus en plus fortes, de plus en plus
hautes, jusqu'au mercredi matin ; et alors, en
regardant par mon hublot, après une nuit agi-
tée pendant laquelle j'ai essayé en vain de dormir sur le ventre, avec des oreillers de chaque
côté pour éviter le roulis, j'aperçois donc une
vague si énorme, une vague à la Jonas qui m'arrive de tribord, que je ne parviens pas à en

croire mes yeux, je ne puis croire que j'ai pris place sur ce cargo yougoslave pour entreprendre ce grand voyage en Europe, exactement au moment où il ne le fallait pas ; ce bateau, en fait, allait me transporter sur l'autre rive, pour que je rejoigne Hart Crane dans son corail, dans ces jardins sous-marins) — et les pauvres petits chatons, quand l'orage s'est calmé et que la lune est apparue, ressemblant à une olive noire qui annonçait l'Afrique (Ô l'histoire du monde est pleine d'olives), ils ont leurs deux petites frimousses, face à face, sur une écoutille, à huit heures ; tout est calme, le gros œil de la lune est calme sur la Sorcière Marine ; je réussis enfin à les faire venir dans ma chambre ; ils ronronnent sur mes genoux tandis que nous avançons en ballottant vers l'autre rive, la rive africaine et non pas celle où la mort nous amènera un jour. — Mais, pendant la tempête, je n'étais pas si fier, je peux le dire maintenant, j'étais sûr que c'était la fin et j'ai bien vu alors que tout est Dieu, que rien n'est jamais arrivé sauf Dieu ; la mer déchaînée, le pauvre bateau solitaire et spectral qui s'en va au-delà de tous les horizons avec son grand corps torturé, sans conceptions arbitraires sur des mondes éveillés, sans myriades de Dévas portant la fleur angélique, honorant les lieux où le Diamant fut étudié, tanguant comme une bouteille dans ce vide hurlant ; mais bientôt ce seront les collines féeriques et les cuisses de miel des amantes d'Afrique, les chiens, les chats, les poulets, les Berbères, les têtes de poisson et tous ceux qui chantent et tournent avidement leur tête bouclée vers la mer, la mer avec son étoile de Marie et le phare mystérieux, maison blanche, qui se dresse là-bas — « Qu'était-ce donc cet orage, de toute façon ? » réussis-je à demander par gestes et en charabia, à mon blond garçon de cabine (monte au mât sois blond Pip) et il me répondit seulement : « BOURAPOUCHE ! BOURA-POUCHE ! » en avançant les lèvres ; plus tard, grâce à une passagère qui parlait anglais, j'appris que ce terme ne signifiait rien d'autre que « Vent du nord ». C'est le nom qu'on donne au vent du nord dans l'Adriatique. —

Une seule passagère, avec moi, sur ce bateau ; une femme d'une quarantaine d'années, laide, portant lunettes, une Yougoslave, ou plutôt, certainement, une espionne russe venue de derrière le rideau de fer qui a décidé de voyager avec moi pour pouvoir étudier secrètement, la nuit, mon passeport dans la cabine du capitaine, et le falsifier ; et en fin de compte je n'arriverai jamais à Tanger, on me cachera à fond de cale jusqu'en Yougoslavie et personne n'entendra plus jamais parler de moi ; la seule chose dont je ne soupçonnais pas l'équipage de

ce bateau communiste (avec l'étoile rouge sang
des Russies sur la cheminée) c'était d'avoir dé-
clenché la tempête qui a failli nous engloutir,
nous enrouler dans l'olive de la mer ; c'en était
à ce point ; en fait, je commençai alors à m'ab-
sorber dans des rêveries de paranoïaque à re-
bours, je m'imaginais qu'ils se réunissaient en
conclave, près de la lanterne marine qui oscil-
lait au gaillard d'avant et disaient : « Cette or-
dure de capitaliste américain qui est à bord est
un Jonas, c'est à cause de lui qu'il y a eu une
tempête, jetons-le par-dessus bord. » Et je reste
étendu sur ma couchette, roulant violemment
d'un bord à l'autre, et je rêve, j'imagine l'effet
que ça peut faire d'être lancé dans cet océan
(avec ses embruns qui arrivent à cent vingt kilomètres à l'heure à la crête de vagues assez hautes pour engloutir la Banque d'Amérique), et
je tente de me représenter comment la baleine,
si elle a le temps de m'atteindre avant que je
disparaisse la tête la première, va m'avaler et
me laisser dans ses entrailles gigantesques pour
que je sorte de la saumure sur le bout de sa
langue, en nous faisant aboutir (Ô Dieu tout-
puissant) sur quelque rivage, dans le dernier
repli de rivage inconnu et interdit ; je serai
étendu sur la plage, comme Jonas, avec ma vision des côtes de la baleine — bien qu'il s'agît
là de la réalité, les marins n'avaient pas l'air au-

trement tourmentés par les flots immenses ;
pour eux, c'était un « bourapouche » comme
un autre, ce qu'ils appelaient un « trrrès môvais
temps ». Et dans la salle à manger, tous les
soirs, je suis assis devant une longue nappe
blanche, avec devant moi l'espionne russe ;
nous sommes exactement face à face ; c'est cela
la manière dont on dispose les gens à table sur
le continent ; impossible de me détendre sur
ma chaise, de regarder dans le vide quand je
mange ou que j'attends le plat suivant. On
nous sert du thon à l'huile d'olive et des olives
au petit déjeuner ; ce que je donnerais pour
avoir du beurre de cacahuète et du lait fruité
ou chocolaté, je ne puis le dire. — Je ne puis
dire que les Écossais n'ont jamais inventé une
mer semblable pour mettre la terreur de la sou-
ris dans le roulis — mais la perle de l'eau, le
tourbillon qui vous happe, le souvenir de la casquette blanche et luisante qui s'envolait dans la
tempête, la Vision de Dieu que j'ai eue, alors
que j'étais moi et uniquement moi, le bateau,
les autres, la cuisine sinistre, la sinistre cambuse
de la mer avec ses marmites qui vacillent dans
la pénombre grise comme si elles savaient
qu'elles allaient contenir du poisson au court-
bouillon dans la cuisine sérieuse, au-dessous de
la cuisine de la mer sérieuse, les oscillations et
le cliquetis. Ô ce vieux bateau pourtant, avec sa

longue coque ! quand je l'ai vu la première fois dans le bassin de Brooklyn, je me suis dit secrètement : « Mon Dieu, elle est trop longue », maintenant elle n'est pas assez longue pour demeurer stable au milieu de cet immense badinage de Dieu ; il chemine avec peine, avec peine, toute sa carcasse frémit — et après aussi je m'étais dit : « Pourquoi faut-il qu'ils passent toute une journée ici, près des réservoirs à essence d'une grande ville » (dans le New Jersey, comment ça s'appelait, Perth Amboy) il y avait, il faut le dire, un grand tuyau noir et sinistre recourbé au-dessus, partant du réservoir, et qui pompait et pompait, tranquillement, toute la journée du dimanche, sous un ciel d'hiver bas, embrasé d'une lueur orange et inégale ; il n'y a personne sur la longue jetée vide quand je sors après le souper à l'huile d'olive ; mais un gars, mon dernier Américain, passe près de moi en me regardant ; un soupçon le traverse : il s'imagine que je fais partie de l'équipage rouge ; et le pompage se poursuit toute la journée emplissant ces immenses réservoirs à fuel du vieux *Slovenia* ; mais une fois que nous sommes en mer, au milieu de cette tempête divine, je suis tout heureux, je grogne de satisfaction en songeant que nous avons passé la journée à prendre du fuel ; c'eût été terrible de tomber en panne sèche au milieu de ce grain et de se laisser ballotter, de côté et d'autre — dans un désarroi total. — Pour échapper à cette tempête, ce mercredi matin-là, par exemple, le capitaine s'est contenté de lui tourner le dos ; jamais il n'aurait pu les prendre par le travers, seulement de front ou de dos, ces énormes rouleaux liquides, et quand il a fait virer de bord, vers huit heures, j'ai bien cru que nous allions sombrer ; le vaisseau tout entier avec ses claquements secs qui ne trompent personne s'est couché tout d'un coup sur un côté ; on sentait bien qu'il allait revenir, repartir dans l'autre sens, comme s'il était retenu par un élastique, aidé d'ailleurs par les vagues soulevées par le bourapouche ; accroché à mon hublot, je regarde (ce n'est pas le froid mais les embruns qui me fouettent le visage) ; le bateau tangue, se cabre devant l'assaut d'une lame et je me trouve face à face avec un mur liquide vertical ; le bateau tressaute, la quille tient bon, la longue quille du dessous, qui est maintenant une petite nageoire ventrale de poisson ; dans le port, je m'étais dit : « Ce qu'ils doivent être profonds, les bassins, pour contenir ces longues quilles sans qu'elles rabotent le fond. » — Nous montons, les vagues balaient le pont, le hublot, ma figure sont tout éclaboussés, l'eau asperge mon lit (Ô mon lit, la mer !) et nous voilà repartis en sens inverse ; puis le vaisseau se stabilise, le capitaine a terminé sa manœuvre, il tourne le dos à la tempête, nous fuyons vers le sud. — Bientôt, me disais-je, nous allons être au fond de l'eau, le regard tourné vers l'intérieur, dans une éternelle félicité matricielle, noyés — dans la mer qui ricane et restitue les choses d'une façon impossible. — Ô bras neigeux de Dieu, j'ai vu Ses bras, là, sur les côtés de l'Échelle de Jacob, là par où il nous aurait fallu évacuer (comme si des canots de sauvetage avaient pu rien faire d'autre que de s'écraser comme des fétus contre les flancs du navire, dans cette furie) la face blanche et personnelle de Dieu m'a dit : « Ti-Jean, ne te tourmente pas, si je vous prends aujourd'hui, toi et tous ces pauvres diables qui sont sur ce rafiot, c'est parce que rien n'est jamais arrivé sauf Moi, tout est Moi — » ou comme le disent les textes sacrés Lankavatara : « Il n'y a rien d'autre au monde que l'Éternité Dorée de l'Esprit divin » — Je voyais les mots « TOUT EST DIEU, RIEN N'EST JAMAIS ARRIVÉ SAUF DIEU », écrits en lettres de lait sur cette étendue marine. — Mon Dieu, un train infini dans un cimetière sans limites, voilà ce qu'est cette vie, mais elle n'a jamais été rien d'autre que Dieu, rien d'autre que cela — c'est pourquoi plus la haute vague monstrueuse se dresse pour se moquer de moi et pour m'insulter, plus je prendrai plaisir à la

contemplation du vieux Rembrandt avec mon
pichet de bière, et plus je malmènerai tous
ceux qui se gaussent de Tolstoï, quelle que soit
votre résistance ; et nous atteindrons l'Afrique,
nous l'avons atteinte d'ailleurs, et si j'ai appris
une leçon, ce fut une leçon en BLANC. — Irra-
diez autant que vous voudrez l'obscurité suave,
et apportez les fantômes et les anges ; et ainsi
nous nous approcherons de la côte, la côte boi-
sée, la côte rocheuse, le sel final du cygne, oh
Ézéchiel ! Et il arriva enfin cet après-midi si
doux, si calme, si méditerranéen où nous com-
mençâmes à voir la terre ; je ne me mis vraiment à y croire que lorsque je vis le petit sourire entendu sur le visage du capitaine quand il
regarda avec ses jumelles ; mais je finis par la
voir moi-même, l'Afrique, j'aperçus les coupu-
res dans la montagne, les lits desséchés des
torrents, avant de distinguer les montagnes el-
les-mêmes ; et je les aperçus enfin, avec leur or
vert pâle, sans savoir, jusqu'à cinq heures, qu'il
s'agissait en réalité des montagnes d'Espagne ;
le vieil Hercule était quelque part là-haut, sou-
tenant le monde sur ses épaules, d'où le silence
profond et transparent de ces eaux qui me-
naient aux Hespérides. — La douce étoile de
Marie était là-bas, avec tout le reste, et, plus
loin, j'apercevais Paris, ma grande et claire vision de Paris, où j'allais descendre du train, re-

joindre les Gens du Pays et faire deux lieues à
pied, et pénétrer de plus en plus, comme dans
un rêve, dans la ville de Paris pour arriver enfin
en quelque centre superbe de la capitale telle
que je la voyais alors ; vision stupide, je m'en
aperçus par la suite ; comme si Paris avait un
centre ! — De tout petits points blancs au pied
de la longue montagne verte d'Afrique, et, oui
monsieur, c'était Tanger la petite cité endor-
mie, qui attendait que je l'explore cette nuit-là.
Je descends donc dans ma cabine, je vérifie
mon sac à dos pour m'assurer qu'il est bien
prêt et que je vais pouvoir le prendre pour
franchir la passerelle, faire timbrer mon passeport avec des caractères arabes. « Oieieh eiieh
ekkei. » — En attendant je vois qu'il y a un important trafic dans le port, des bateaux, plusieurs cargos espagnols décrépits, jamais vous
n'auriez pu imaginer que des bateaux aussi dé-
labrés, mornes et minuscules puissent affronter
des bourapouches avec la moitié seulement de
notre longueur, la moitié de notre circonfé-
rence —, là-bas, les longues étendues de sable
sur la plage espagnole annoncent des Cadix
plus secs que je ne l'avais imaginé ; je tiens encore à rêver de la cape espagnole, de l'étoile
espagnole, de la chanson de ruisseau espagnole. — Et finalement, une étonnante barque
de pêche marocaine prend la mer avec un petit

équipage de cinq hommes environ : certains
ont des pantalons trop larges, comme pour attraper Mahomet (ils portent des pantalons
bouffants pour le cas où ils donneraient naissance à Mahomet) et certains ont des fez rouges, mais des fez rouges comme vous n'auriez
jamais pu les imaginer, pleins de gras, de plis
et de poussière, de vrais fez rouges de la vie réelle dans l'Afrique réelle ; le vent souffle et le
petit bateau de pêche avec sa poupe incroyable-
ment haute, en bois du Liban... s'en va vers le
chant onduleux de la mer, les étoiles nocturnes, les filets, le nasillement du Ramadan...

Naturellement, les voyages autour du monde
ne sont pas aussi agréables qu'ils le paraissent,
c'est seulement quand vous avez fui toute cette
chaleur et toute cette horreur que vous en oubliez les désagréments et que vous vous souve-
nez des scènes étranges que vous avez vues.
— Au Maroc, je suis allé me promener par un
bel après-midi ensoleillé et frais (la brise soufflait de Gibraltar) et, mon ami et moi, nous
sommes allés à pied jusqu'aux limites de
l'étrange ville arabe, en parlant de l'architec-
ture, de l'ameublement, des gens, du ciel qui,
disait-il, paraîtrait vert à la tombée de la nuit, et
de la qualité de la nourriture dans les différents
restaurants de la ville ; il ajouta, textuellement :

« Au fait, je ne suis qu'un émissaire clandestin d'une autre planète et l'ennui, c'est que je ne sais pas pourquoi on m'a envoyé ici, j'ai oublié le bon Dieu de message dont ces petits chéris m'avaient chargé. » Alors je dis : « Je suis, moi aussi, un messager du Ciel » et soudain nous vîmes un troupeau de chèvres venir vers nous ; derrière, il y avait un jeune berger arabe qui tenait un petit agneau dans ses bras ; il était suivi de la mère brebis qui bêlait, bê bê, pour qu'il prenne grand soin du bébé ; le garçon dit alors : « Egraya fa y kapata katapatafataya », il crachait les mots du fond de sa gorge, comme le font les sémites. Je dis : « Regardez, un jeune berger véritable qui porte un petit agneau ! » et Bill dit : « Oh ouais, ces petits chapardeurs sont toujours en train de courir avec des agneaux dans les bras. » Puis nous descendîmes la colline et arrivâmes en un lieu où un saint homme, c'est-à-dire un pieux mahométan, était agenouillé, faisant sa prière au soleil couchant, tourné vers La Mecque, et Bill me dit : « Ne serait-ce pas merveilleux si nous étions de vrais touristes américains et si je me précipitais soudain vers lui pour le prendre en photo ? »... puis il ajouta : « Au fait, comment allons-nous faire pour passer ?

— Passons à sa droite », dis-je à tout hasard.

Nous prîmes le chemin du retour, pour rega-

gner notre café en plein air, plein du bourdon-
nement des conversations, où tous les gens se
rassemblaient le soir sous les arbres peuplés
d'oiseaux criards, près du Zoco Grande ; nous
décidâmes de suivre la voie ferrée. Il faisait
chaud mais une brise fraîche soufflait de la Mé-
diterranée. Nous arrivâmes auprès d'un vagabond arabe assis sur le rail et récitant le Koran
à un groupe d'enfants en haillons qui l'écoutaient avec attention ou, en tout cas, avec une
grande docilité. Derrière eux se dressait la maison de leur mère, une cabane en bouts de tôle
mal joints et la mère était là, tout en blanc, qui
accrochait son linge blanc, bleu et rose, en face
d'une masure en tôle sous l'ardent soleil d'Afrique. — Je ne savais pas ce que faisait ce saint
homme, je dis : « C'est un idiot ou quoi ? »
— Non, dit Bill, c'est un pèlerin chérifien errant qui prêche l'évangile d'Allah aux enfants — c'est un *hombre que rison*, un homme
qui prie, il y a en ville des *hombres que rison*, ils
ont une robe blanche et ils vont pieds nus dans
les ruelles ; et c'est pas le moment que des jeunes voyous en blue-jeans déclenchent une bagarre dans la rue ; il s'approche, il les regarde
fixement, et ils se débinent. D'ailleurs, à
Tanger, les gens ne sont pas comme dans le
West Side de New York, quand une bagarre
éclate dans la rue, entre voyous, tous les hom-

mes se précipitent hors des maisons de thé à la menthe, et ils leur donnent une bonne raclée. Il n'y a plus d'hommes en Amérique ; ils se contentent de rester assis en mangeant des pizzas avant le spectacle du soir, mon cher. » Cet homme, c'était William Seward Burroughs, l'écrivain, et nous marchions alors dans les étroites ruelles de la Médina (la « Casbah » n'étant que la partie fortifiée de la ville), pour nous rendre à un petit café-restaurant qui accueillait tous les Américains et les exilés. Je voulus parler à quelqu'un du jeune berger, au pieux dévot ou à l'homme assis sur la voie ferrée, mais personne ne manifesta le moindre intérêt : « Je ne puis trouver un bon garçon dans cette ville » (ils disaient « poy » et non « boy » mais ils voulaient dire « boy »). — Burroughs se tordait de rire.

De là, nous allâmes au café où nous nous rendions toujours en fin d'après-midi, et où nous retrouvions tous les aristocrates décadents d'Amérique et d'Europe et quelques Arabes éclairés et ardents, des simili-Arabes ou des diplomates, ou autres. — Je dis à Bill :

« Où trouve-t-on des femmes dans cette ville ? »

Il dit :

« Il y a quelques prostituées par-ci par-là, mais il faut connaître un chauffeur de taxi, par

exemple. Mieux, il y a ici en ville un type de
Frisco, Jim, il va vous montrer où aller et ce
qu'il faut faire » ; et c'est ainsi que cette nuit-
là, moi et Jim le peintre, nous sortons et atten-
dons au coin d'une rue, et bientôt, en effet,
deux femmes voilées arrivent, avec un voile délicat en coton sur la bouche, jusqu'au milieu
du nez ; on ne voit que leurs yeux noirs ; elles
ont de longues robes flottantes et vous aperce-
vez le bout de leurs chaussures qui pointe ; Jim
héla un taxi qui attendait là et nous partîmes
vers les chambres qui s'ouvraient sur un patio
(la mienne tout du moins) ; le patio carrelé
donnait sur la mer et un phare chérifien tournait sans cesse, projetant à tout moment son
faisceau lumineux sur ma fenêtre ; et moi, seul
avec l'une de ces mystérieuses apparitions, je la
regardai se dépouiller de son linceul et de son
voile et vis, debout devant moi, une petite
Mexicaine (c'est-à-dire une Arabe) d'une
beauté parfaite, aussi brune que les raisins
d'octobre et peut-être même que le bois d'ébè-
ne ; elle se tourna vers moi, les lèvres écartées,
comme pour me dire : « Eh bien, qu'attends-
tu ? » J'allumai donc une chandelle sur mon
bureau. Quand elle repartit, elle descendit au
rez-de-chaussée avec moi ; quelques amis venus
d'Angleterre, du Maroc et des U.S.A. étaient là,
fumant tous des pipes bourrées d'opium (pré-

paration maison) et ils chantaient le vieux refrain de Cab Calloway : « Je vais fumer de la marijuana. » — Une fois dans la rue, elle fut très polie quand elle monta dans le taxi.

C'est de là que je suis allé à Paris, plus tard ; il ne s'y passa rien d'extraordinaire, sauf que j'y rencontrai la plus belle fille du monde : elle n'aimait d'ailleurs pas le sac que je portais sur mon dos. Mais, de toute manière, elle avait rendez-vous avec un type à petite moustache — un gars qui se tenait là, l'air narquois, une main dans la poche — dans une boîte de nuit ou un cinéma de Paris.

Waaouw — et à Londres que vois-je ? Une belle blonde, une blonde paradisiaque, debout contre un mur dans le Soho, qui interpelle les passants bien vêtus. Beaucoup de fards, les yeux ombrés de bleu ; les plus belles femmes du monde, ce sont vraiment les Anglaises... à moins que, comme moi, vous les aimiez foncées.

Mais il y a eu autre chose, au Maroc, que des promenades avec Burroughs et des entrevues dans ma chambre avec des prostituées. J'ai fait de longues randonnées à pied, tout seul, j'ai siroté du Cinzano aux terrasses des cafés, en solitaire, je me suis assis sur la plage...

Il y avait sur la plage une ligne de chemin de

fer qu'empruntaient les trains venant de Casablanca. — Je m'asseyais sur le sable et je regardais les étranges gardes-frein arabes et leurs drôles de petits trains C.F.M. (Central Ferrocarril Morocco). — Les wagons avaient des roues aux rayons grêles ; ils étaient munis de pare-chocs à la place des attelages et ils n'étaient attachés les uns aux autres que par une chaîne. — Le chef de train faisait ses signaux à la main, pour arrêter le convoi ou le faire partir ; il avait un petit sifflet strident et il criait ses ordres à l'homme du fourgon de queue, en se raclant le fond de la gorge, à la manière des Arabes. — Les wagons n'avaient ni freins à main ni échelles. — Des Arabes mystérieux étaient assis dans des plates-formes à charbon que l'on faisait rouler de côté et d'autre, le long du rivage sablonneux ; ils voulaient aller à Tétouan...

Un garde-frein avait un fez et un pantalon bouffant. — J'imaginais l'expéditeur enveloppé complètement dans sa djellaba, fumant sa pipe de haschisch, assis au téléphone. — Mais ils avaient une bonne machine haut le pied Diesel, avec un mécano coiffé d'un fez aux commandes, et une pancarte sur les flancs de l'engin qui disait DANGER DE MORT. — Au lieu d'utiliser des freins à main, ils couraient avec leurs robes flottantes et ils faisaient jouer une barre horizontale qui freinait les roues avec des patins — c'était insensé — ces cheminots accomplissaient des miracles. — Le chef de train courait en criant : « Thea ! Thea ! Mohammed ! Thea ! » — Mohammed, c'était l'homme de tête, il se tenait à l'autre extrémité de la plage, considérant la situation d'un œil triste. — Pendant ce temps, des femmes arabes voilées, en longues robes comme Jésus, erraient le long des voies, ramassant des morceaux de charbon — pour le poisson du soir, pour la chaleur du soir. — Mais le sable, les rails, l'herbe, tout était aussi universel que le vieux Southern Pacific... Robes blanches le long de la mer bleue, sable de l'oiseau du train...

J'avais une très jolie chambre, sur le toit, comme je l'ai dit, avec un patio, les étoiles la nuit, la mer, le silence, la propriétaire française, la concierge chinoise — le Hollandais d'un mètre quatre-vingt-dix, mon voisin, un pédéraste qui ramenait chez lui de jeunes Arabes tous les soirs. — Tout le monde me laissait tranquille.

Le ferry-boat de Tanger à Algésiras était très triste parce que s'il était illuminé si gaiement c'était pour accomplir la terrible tâche de se rendre sur l'autre rive. —

J'ai trouvé un restaurant espagnol caché dans la Médina, qui servait le menu suivant pour trente-cinq cents : un verre de vin rouge, soupe à la crevette avec du vermicelle, porc à la sauce tomate, pain, un œuf sur le plat, une orange sur une soucoupe et un café noir express ; je le jure sur mon bras. —

Pour écrire, pour dormir et pour penser, j'allais au drugstore local et j'achetais de la Sympatine pour m'exciter, du Diosan pour le rêve à la codéine et du Sonéryl pour dormir. — En outre, Burroughs et moi achetions également de l'opium à un gars coiffé d'un fez rouge dans le Zoco Chico, et nous préparions des pipes maison avec de vieux bidons à huile d'olive. Et nous fumions en chantant : *Willie le Mendiant* ; le lendemain, nous mélangions du haschisch et du kif avec du miel et des épices et nous faisions de gros gâteaux « Majoun » que nous mastiquions lentement, en buvant du thé brûlant ; et nous partions faire de longues promenades prophétiques vers les champs de petites fleurs blanches. — Un après-midi, gorgé de haschisch, je méditais sur mon toit, au soleil, et je me disais : « Toutes les choses qui se meuvent sont Dieu, et toutes les choses qui ne se meuvent pas sont Dieu » et, à cette nouvelle expression du secret ancien, tous les objets qui se mouvaient et faisaient du bruit dans l'aprèsmidi de Tanger parurent se réjouir soudain, et tout ce qui demeurait immobile sembla satisfait.

Tanger est une ville charmante, fraîche, délicieuse, pleine de merveilleux restaurants continentaux comme *El Paname* et *L'Escargot*, avec une cuisine qui vous fait venir l'eau à la bouche ; on y dort très bien, il y a du soleil et on y voit des théories de saints prêtres catholiques, près de là où je m'étais installé, qui prient tous les soirs, tournés vers la mer. — Qu'il y ait des oraisons partout ! —

Pendant ce temps, Burroughs, génie démentiel, tapait, échevelé, dans sa chambre qui s'ouvrait sur un jardin, les mots suivants : — « Motel Motel Motel la solitude traverse le continent en gémissant comme le brouillard au-dessus des fleuves calmes et huileux qui envahissent les eaux de la marée... »

(Il voulait parler de l'Amérique.) (On se souvient toujours de l'Amérique quand on est en exil.)

Le jour de l'anniversaire de l'indépendance marocaine, ma bonne, une grande négresse arabe, séduisante malgré ses cinquante ans, a nettoyé ma chambre et plié mon T. shirt crasseux, sans le laver, bien proprement sur une chaise...

Et pourtant Tanger parfois était intolérablement morne ; aucune vibration ; alors je faisais à pied trois kilomètres le long de la plage au milieu des pêcheurs qui scandaient les rythmes

ancestraux, ils tenaient les filets, en groupe,
chantant quelque ancien refrain le long du res-
sac, laissant tomber le poisson sur le sable de
la mer ; et parfois je regardais les formidables
matchs de football que jouaient de jeunes fous
arabes, dans le sable ; parfois il y en avait qui
marquaient des buts, en envoyant le ballon
dans le filet avec l'arrière de la tête ; des gale-
ries d'enfants applaudissaient à ce spectacle. —
    Et je marchais, à travers cette terre maghré-
bine, cette terre de huttes qui est aussi belle
que le vieux Mexique avec ces vertes collines,
les ânons, les vieux arbres, les jardins. —
    Un après-midi, je m'assis dans le lit d'un
cours d'eau qui se jetait dans la mer, non loin
de là, et je regardai la marée montante envahir
la rivière qui allait grossir, dépasser la hauteur
de ma tête ; un orage soudain me fit partir en
courant le long de la plage, pour rentrer en
ville comme un champion de petit trot, trempé
comme une soupe ; tout d'un coup, sur les
boulevards bordés de cafés et d'hôtels, le soleil
apparut, illumina les palmiers mouillés et je
ressentis alors une impression qui m'était fami-
lière. — J'avais déjà éprouvé cela — je pensai à
tous les hommes.
    Ville étrange. J'étais assis dans le Zoco Chico
à une table de café, regardant les passants : dimanche singulier dans le pays des fellahs ara-

bes ; on s'attendrait à quelque mystère de la part de ces fenêtres blanches : des femmes lanceraient des dagues, mais mon Dieu vous ne voyez que cette femme, là-haut, enveloppée dans un voile blanc, qui est assise et scrute du regard une croix rouge au-dessus d'une petite pancarte qui annonce : « Practicantes, Sanio Permanente, T F No. ✚ 9766 » la croix étant rouge — juste au-dessus d'un bureau de tabac avec bagage, et des gravures représentant un petit garçon en culotte courte accoudé à un comptoir avec sa famille, des Espagnols qui ont tous une montre-bracelet. — Pendant ce temps passaient les hommes d'équipage des sous-marins anglais ; ils essayaient de se soûler au malaga, mais ils restaient calmes, perdus dans leur nostalgie. —

Deux petits Arabes tinrent un court conciliabule musical (des garçons de dix ans), puis ils se séparèrent en se poussant par le bras, et en faisant des moulinets ; l'un des garçons avait une calotte jaune et un costume zazou bleu. — Les dalles noires et blanches de la terrasse de café à laquelle j'étais assis étaient souillées par le temps solitaire de Tanger — un petit garçon tout tondu passa, il rejoignit un homme installé à une table près de la mienne, dit : « Yo » et le serveur accourut et le chassa en criant : « Yig. » — Un prêtre dont la robe

brune était en lambeaux s'assit avec moi à une
table (un *hombre que rison*) mais, les mains sur
les genoux, il regarda les fez rouges et luisants,
le pull-over rouge d'une fille et la chemise
rouge d'un garçon... scène verte. Il rêvait de
Sufi...

Oh quels poèmes un catholique trouvera sur
une terre d'Islam ! — « Sainte Mère chéri-
fienne qui fermez les yeux à demi, tournée vers
la mer... avez-vous préservé les Phéniciens de la
noyade, il y a trois mille ans ?... Ô douce reine
des chevaux de minuit... bénissez les rudes
terres marocaines. »...

Car c'étaient bien des rudes terres, je m'en
aperçus un jour en montant sur les collines de
l'arrière-pays. — D'abord je descendis sur la
plage, dans le sable, là où les mouettes se grou-
pent toutes ensemble, au bord de la mer ; on
aurait dit qu'elles s'assemblaient à une table de
réfectoire, une table luisante — d'abord, je
crus qu'elles priaient — que leur reine disait le
bénédicité. — Assis sur le sable de la plage ; je
me demandais si les insectes rouges et micros-
copiques qui s'y trouvaient se rencontraient
jamais pour s'accoupler. — J'essayai de comp-
ter les grains d'une pincée de sable, sachant
qu'il y avait autant de mondes que de grains
de sable dans tous les océans. — Ô créatures
honorées des mondes ! Car juste à ce moment,

un vieux bodhisattva vêtu d'une robe, un vieillard barbu qui avait compris la grandeur de la sagesse, arriva, appuyé sur un bâton, avec une sacoche informe, un sac de cotonnade et un panier sur son dos ; un linge blanc entourait son front brun et chenu. — Je le vis arriver à des kilomètres, sur la plage — l'Arabe et son linceul, au bord de la mer. — Nous ne nous fîmes même pas un signe de tête — c'était trop, nous nous connaissions depuis trop longtemps. —

Et puis je grimpai dans l'arrière-pays ; j'atteignis le sommet d'une montagne qui dominait toute la baie de Tanger, et j'arrivai à une calme prairie, sur le flanc d'une colline ; ah les cris des ânes et les bêlements des moutons qui se réjouissaient là-haut, dans les vallons ! et les trilles heureux et naïfs des oiseaux qui folâtraient dans la solitude des rocs et de la broussaille sur lesquels se déversaient la chaleur du soleil, le vent de la mer, tout le chatoiement des chaudes ululations. — Des cabanes de branches et de feuillages comme dans le Haut-Népal. — Des bergers arabes, l'air féroce, passaient devant moi en me toisant, sombres, barbus, enveloppés dans leurs robes, les genoux nus. — Au sud se dressaient les lointaines montagnes d'Afrique. — Au-dessous de moi, au bas de la pente abrupte sur laquelle j'étais assis, il y avait la poudre bleue des villages tranquilles. — Les grillons, le grondement de la mer. — Les paisibles villages des montagnes berbères ou les fermes agglomérées, des femmes chargées d'énormes fagots, qui descendaient la colline — petites filles au milieu des taureaux qui paissaient. — Les cours d'eau à sec dans les prairies grasses et vertes. — Et les Carthaginois ont disparu ?

Quand je redescendis sur la plage, devant la Ville Blanche de Tanger, il faisait nuit, et je regardai la scintillante colline sur laquelle j'avais élu domicile et je me dis : « Et je vis là-haut, plein de conceptions imaginaires ? »

Les Arabes faisaient leur défilé du samedi soir avec cornemuses, tambours et trompettes ; cette musique me rappela un haïku : —

Et je marchais le long de la plage nocturne.
— Musique militaire
Sur le boulevard.

Soudain, une nuit, à Tanger où, je vous l'ai dit, le temps m'a paru un peu long, le son d'une flûte merveilleuse retentit vers trois heures du matin, et des battements assourdis de tambour s'élevèrent dans les profondeurs de la Médina. — J'entendais ces bruits de ma chambre qui faisait face à la mer, dans le quartier

espagnol, mais quand je sortis sur ma terrasse
dallée, il n'y avait rien d'autre qu'un chien espagnol endormi. — Le bruit venait de plusieurs
centaines de mètres de là, du côté des marchés,
sous les étoiles de Mahomet. — C'était le début
du Ramadan, ce jeûne d'un mois. Que c'était
triste ! parce que Mahomet avait jeûné du lever
du soleil jusqu'à son coucher, un monde entier
allait l'imiter, par conviction religieuse, sous
ces étoiles. — Là-bas, dans une autre anse de la
baie, le phare tournait, envoyant un rayon
lumineux sur ma terrasse (vingt dollars par
mois), pivotait, balayait les collines berbères où
retentissaient des flûtes plus étranges et des
tambours plus mystérieux, et s'en allait au loin,
vers les Hespérides, dans l'obscurité amollis-
sante qui mène à l'aube au large de la côte
d'Afrique. — Je regrettai soudain d'avoir pris
mon billet de bateau pour Marseille et de devoir quitter Tanger.

Si jamais vous prenez le bateau de Tanger à
Marseille, n'allez jamais en quatrième classe.
— Me croyant un globe-trotter avisé, j'avais
voulu économiser cinq dollars, mais quand je
montai à bord le lendemain matin à sept heures (une grande coque bleue informe qui
m'avait paru si romantique quand le bateau
avait contourné la petite jetée de Tanger, en re-
montant de Casablanca) on me dit aussitôt

d'attendre avec un groupe d'Arabes ; puis, au bout d'une demi-heure, nous fûmes entassés sur la plage avant transformée en une caserne de l'armée française. Toutes les couchettes étaient occupées, je dus donc m'asseoir sur le pont et attendre encore une heure. Après être allé aux renseignements à plusieurs reprises, auprès des stewards, j'appris qu'on ne m'avait pas assigné de couchette et que rien n'avait été prévu pour mes repas. J'étais pratiquement un passager clandestin. Finalement, j'avisai une couchette que personne ne semblait utiliser et je me l'appropriai, demandant d'un ton courroucé au soldat qui était à côté : « *Il y a quelqu'un ici ?** » Il ne prit même pas la peine de me répondre, il se contenta de hausser les épaules (pas nécessairement à la française, non, le haussement d'épaules européen, exprimant la lassitude du monde et de la vie). Je regrettai soudain de quitter la sincérité assez nonchalante mais authentique du monde arabe.

Le rafiot commença à traverser le détroit de Gibraltar et, aussitôt parti, il se mit à tanguer furieusement sur les longues lames de fond, probablement les plus mauvaises du monde, qui sévissent au large du socle rocheux de l'Es-

---

* Les mots suivis d'un astérisque sont en français dans le texte. *(N.d.T.)*

pagne. — Il était déjà près de midi. — Après
une courte méditation sur la couchette de
grosse toile, je sortis sur le pont où les soldats
devaient faire la queue avec leur gamelle ; déjà
la moitié de l'armée française avait dégobillé
par terre et il était impossible de marcher sans
glisser. — Je remarquai d'ailleurs que même les
passagers de troisième classe avaient leur dîner
servi dans leur salle à manger et qu'ils avaient
droit aux cabines et au personnel de service.
— Je retournai à ma couchette et sortis de mon
sac à dos mon vieux matériel de camping, une
gamelle d'aluminium, un quart et une cuiller,
et j'attendis. — Les Arabes étaient encore assis
par terre. — Un chef steward allemand, un co-
losse qui avait tout d'un « gorille » prussien, arriva et annonça aux soldats français qui ren-
traient de faire leur service aux chaudes
frontières de l'Algérie, qu'il fallait qu'ils en
mettent un coup et nettoient le pont. — Ils le
regardèrent fixement, en silence, et il s'en alla
avec son escorte de stewards grincheux.

À midi, tout le monde commença à se réveil-
ler. On se mit même à chanter. — Je vis les soldats s'en aller avec leur gamelle et leur cuiller,
et je les suivis, et j'arrivai, à mon tour, à une
marmite crasseuse, pleine de haricots cuits à
l'eau ; une louche en fut vidée dans ma gamelle, après que le marmiton eut jeté un re-

gard distrait sur ma ferblanterie, se demandant sans doute pourquoi elle n'était pas tout à fait comme les autres. — Mais pour parachever ce repas, j'allai à la boulangerie, à l'avant, et tendis un pourboire au gros mitron, un Français moustachu, qui me donna un petit pain sortant du four ; ainsi approvisionné, je m'assis sur un rouleau de cordages, sur une écoutille, et je mangeai avec délices, caressé par la brise. — À bâbord, le rocher de Gibraltar disparaissait déjà, les eaux devenaient plus calmes et bientôt j'allais vivre un après-midi d'oisiveté, le bateau ayant déjà fait une bonne partie de son chemin en direction de la Sardaigne et du sud de la France. — Et soudain (j'avais tant rêvé de ce voyage, complètement gâché maintenant, je m'étais vu effectuer une croisière magnifique et étincelante sur un paquebot superbe, buvant du vin rouge dans de fragiles verres à pied, en compagnie de Français joyeux et de blondes aguichantes) un petit avant-goût de ce que je cherchais en France (où je n'étais jamais allé) me parvint par l'intermédiaire des haut-parleurs du bateau : une chanson intitulée *Mademoiselle de Paris* et tous les soldats français qui étaient avec moi sur la plage avant, assis contre le bastingage ou derrière des cloisons pour se protéger du vent, prirent alors un aspect romantique et se mirent à parler avec chaleur de

leurs fiancées qui les attendaient au pays ; et
tout parut soudain évoquer Paris, enfin.

Je résolus de sortir de Marseille et de remonter à pied sur la R.N. 8, vers Aix-en-Provence,
en commençant à faire du stop. Jamais je ne
me serais imaginé que Marseille fût une si
grande ville. Après avoir fait timbrer mon passeport, je traversai les voies de chemin de fer,
sac au dos. Le premier Européen que j'inter-
pellai sur son sol natal fut un Français aux
moustaches en guidon de course qui traversait
les voies avec moi, il ne répondit pas à mon salut joyeux : « *Allô l' Père* !* » Mais j'étais heureux quand même, les cailloux, les rails étaient
pour moi le paradis, l'inaccessible France printanière, enfin. Je marchai au milieu des bâti-
ments noirs de suie qui déversaient leur fumée
de charbon, et passai devant une énorme char-
rette, pleine de détritus, avec un grand cheval
de trait et un charretier qui avait un béret et
un polo rayé. — Une vieille Ford de 1929 passa
en brimbalant et se dirigea vers la mer ; à l'intérieur, je vis quatre gaillards coiffés de bérets,
mégots au bec, semblables à des personnages
de quelque film français oublié, issu de mon
imagination. — J'allai à une sorte de bar qui
était ouvert, à cette heure matinale, bien que
ce fût un dimanche, je m'assis à une table et

bus du café bien chaud, servi par une matrone
en peignoir ; il n'y avait pas de pâtisserie
— mais j'en trouvai de l'autre côté de la rue,
dans la *boulangerie** où flottait une odeur de
Napoléons et de croissants frais et croustillants ;
je mangeai avec appétit, tout en lisant *Paris-Soir*
au son de la musique de la radio qui annonça
des nouvelles de ce Paris que je désirais tant
voir — j'étais assis là, tiraillé par des souvenirs
inexplicables, comme si j'étais né, comme si
j'avais vécu autrefois dans cette ville, comme si
j'y avais des frères ; en regardant par la fenêtre,
je vis des arbres dénudés sur lesquels apparaissait déjà un duvet vert qui annonçait le printemps. — Qu'elle me semblait remonter loin
dans le passé, la vie que j'avais menée autrefois
en France, ma longue existence de Français
— tous ces noms sur les boutiques, *épicerie, bou-
cherie**, les petites boutiques du petit matin
semblables à celles de ma petite ville franco-ca-
nadienne, de mon Lowell, Massachusetts, un
dimanche. — *Quelle différence** ? Je fus très heureux soudain.

Je décidai, voyant l'étendue de cette ville, de
prendre le car jusqu'à Aix puis de remonter
par la route jusqu'à Avignon, Lyon, Dijon, Sens
et Paris, et je me dis que je coucherais cette
nuit-là dans l'herbe de Provence, enfoui dans

mon duvet ; mais les choses s'arrangèrent au-
trement. — Le voyage en car fut merveilleux,
ce n'était qu'un simple omnibus qui sortit de
Marseille et traversa de minuscules villages
dans lesquels on voyait des pères de famille qui
s'affairaient dans des jardins pimpants ; leurs
enfants entraient dans la maison avec de
longues baguettes de pain pour déjeuner, et les
gens qui montaient dans le car et en descendaient m'étaient si familiers que j'aurais voulu
que mes parents soient là pour les voir et les
entendre dire : « *Bonjour, madame Dubois.
— Vous avez été à la messe* ? » Il ne fallut guère
de temps pour aller à Aix-en-Provence ; une
fois arrivé, je m'assis à une terrasse et bus deux
vermouths en observant les arbres de Cézanne
et la gaieté de ce dimanche matin ; un homme
passa avec des gâteaux et des pains de deux
mètres de long ; et, éparpillés à l'entour, les
toits rouge terne et les collines lointaines, sous
un halo de brume bleue, qui attestaient la parfaite reproduction par Cézanne des couleurs de
la Provence, un rouge qu'il utilisait même pour
ses pommes, un rouge brun, et des arrière-
fonds d'un bleu sombre et vaporeux. — Je me
disais : « La gaieté, le solide bon sens de la
France, cela semble si bon quand on a subi
l'humeur chagrine des Arabes. »
Après les vermouths, je me rendis à la cathé-

drale Saint-Sauveur, qui donnait dans la grand-
rue et là, passant devant un vieil homme aux
cheveux blancs, coiffé d'un béret (tout à l'entour, jusqu'à l'horizon, le « vert » du printemps
de Cézanne, que j'avais oublié, et qui s'accor-
dait si bien avec ces collines noyées dans la
brume bleue, et avec ces toits rouillés), je me
mis à pleurer. — Je pleurai dans la cathédrale
du Sauveur en entendant de jeunes garçons
chanter un magnifique air d'autrefois, tandis
que les anges semblaient planer au-dessus de
nous. — Je ne pouvais pas me retenir. — Je me
cachai derrière un pilier pour échapper à la cu-
riosité de quelques familles françaises qui
fixaient avec étonnement mon énorme sac
(quarante kilos) ; et je m'essuyai les yeux et
pleurai encore en voyant le baptistère du
vɪᵉ siècle — toutes ces vieilles pierres romanes
qui avaient encore ce trou dans le sol, où tant
d'autres petits enfants avaient été baptisés ;
tous ouvraient des yeux pleins d'une compréhension lucide, des yeux semblables à des dia-
mants liquides.

Je sortis de l'église et partis sur la route, par-
courus environ deux kilomètres, sans chercher
d'abord à arrêter une voiture, puis je finis par
m'asseoir sur un talus, au sommet d'une colline herbeuse dominant un pur paysage de Cé-

zanne — de petits toits de fermes, des arbres,
et de lointains coteaux bleus, qui suggèrent le
type de collines qui prédomine plus au nord,
vers Arles, au pays de Van Gogh. — Sur la
grand-route circulaient sans cesse de petites
voitures dans lesquelles il n'y avait pas de place
pour moi, et des cyclistes dont les cheveux vo-
laient au vent. — Je cheminai en agitant déses-
pérément le pouce sur huit kilomètres puis je
décidai d'abandonner en arrivant à Éguilles,
première station des cars sur la grand-route.
L'auto-stop, décidément, s'avérait impossible
en France. — Dans un café assez cher d'Éguilles, alors que quelques familles françaises dî-
naient dans le jardin, je pris un café puis, sachant que le car passerait dans une heure
environ, je descendis sans me presser un chemin de campagne pour contempler, de l'intérieur, le pays de Cézanne ; et je trouvai une
ferme d'un brun mauve dans une riche vallée
calme et fertile — rustique, avec un toit de tui-
les recouvertes d'une poudre rose, accumulée
par le temps — une tiédeur douce, gris-vert
— des voix de jeunes filles — des meules de
balles de foin grises — un jardin crayeux que
l'on venait d'amender — un cerisier avec ses
fleurs blanches — un coq chantant doucement
à midi — de grands arbres de Cézanne au
fond, des pommiers, des saules dans les champs

de trèfle, un verger, un vieux chariot bleu à l'entrée de la remise, un tas de bois, une clôture de lattes blanches et sèches près de la cuisine.

Puis le car arriva et nous traversâmes la région d'Arles, et je vis alors les arbres de Van Gogh s'agiter sans cesse dans le violent mistral de l'après-midi ; les rangées de cyprès ballottaient ; il y avait des tulipes jaunes dans des caissons, sur les rebords des fenêtres, et un vaste café en plein air, avec une énorme banne et le soleil doré. — Je vis, je compris Van Gogh, les mornes coteaux à l'horizon... À Avignon, je descendis pour prendre l'express de Paris. Mon billet en poche, ayant devant moi plusieurs heures d'attente, je flânai, en cette fin d'après-midi, sur le grand mail — des milliers de gens endimanchés effectuaient leur promenade provinciale interminable et morne.

J'entrai dans un musée plein de sculptures de pierre de l'époque du pape Benoît XIII et j'admirai un splendide bas-relief en bois représentant la Cène, avec un groupe d'apôtres qui se lamentaient, tête contre tête ; le Christ était au milieu, la main levée ; et soudain l'une de ces têtes groupées là se détacha plus nettement du fond pour me regarder fixement : c'était Judas ! — Plus loin, dans l'allée, se dressait un monstre pré-roman, apparemment celtique,

tout en vieille pierre sculptée. — Et je ressortis
dans une ruelle pavée d'Avignon (la ville de la
poussière, les ruelles y sont plus sales que dans
les bas-quartiers de Mexico) (comme les rues
de la Nouvelle-Angleterre, près des tas de détritus, pendant les années 30) — des chaussures
de femmes dans des ruisseaux qui charrient
une eau sale, comme au Moyen Âge, et le long
du mur de pierre, des enfants en haillons
jouent dans les tourbillons désolés de la poussière soulevée par le mistral ; en voilà assez
pour faire pleurer Van Gogh.

Et le fameux pont d'Avignon que l'on a tant
chanté, pont de pierre à demi emporté dans la
crue printanière du Rhône ; à l'horizon, sur les
collines, des châteaux médiévaux (pour les touristes, maintenant, autrefois ils abritaient le ba-
ron protecteur de la ville). — Des jeunes gens
du genre délinquant juvénile sont tapis le long
du mur d'Avignon, dans la poussière de ce dimanche après-midi, ils fument des cigarettes
défendues, des filles de treize ans minaudent,
avec leurs hauts talons, et, plus bas, un petit enfant joue dans l'eau du ruisseau avec un sque-
lette de poupée et il frappe sur son seau ren-
versé en guise de tambour. — Et de vieilles
cathédrales dans les ruelles de la ville, de vieilles églises qui ne sont plus maintenant que des
reliques croulantes.

Nulle part au monde il ne peut y avoir un dimanche après-midi aussi sinistre, avec ce mistral qui s'engouffre dans les ruelles pavées de ce pauvre Avignon antique. Assis dans un café de la rue principale et lisant les journaux, je compris pourquoi les poètes français se plaignaient de la vie en province, cette province lugubre qui a rendu fous Flaubert et Rimbaud, et qui a fait rêver Balzac.

Pas une seule jolie femme à voir à Avignon, sauf dans ce café, une fille svelte, sensationnelle, qui se lève, avec ses lunettes noires, pour venir parler de ses amours à une amie, à la table voisine ; au-dehors, la foule va et vient, sans but ; nulle part où aller, rien de précis à faire — Madame Bovary se tord les mains de désespoir derrière des rideaux de dentelle, les héros de Genet attendent la nuit, le jeune héros de Musset prend son billet pour Paris. — Que peut-on faire à Avignon un dimanche après-midi ? S'asseoir dans un café et lire comment un politicard local a effectué sa rentrée ? Déguster son vermouth en pensant aux sculptures de pierre de musée.

Mais c'est là que j'ai eu le meilleur repas de toute l'Europe (cinq plats différents), dans ce qui avait l'air d'être un restaurant bon marché, dans une petite rue : une bonne soupe aux légumes, une omelette exquise, du lièvre grillé, une merveilleuse purée de pommes de terre (passée dans un moulin à légumes, avec une bonne quantité de beurre), une demi-bouteille de vin rouge et du pain, puis un délicieux flan au sirop, le tout, en principe, pour 95 cents, mais la serveuse a fait monter le prix de 380 francs à 575, pendant que je mangeais, et je n'ai pas pris la peine de contester l'addition.

À la gare, j'ai mis cinquante francs dans le distributeur à chewing-gum, mais je n'ai rien obtenu en échange ; et les employés m'envoyaient de l'un à l'autre avec un aplomb déconcertant (« *Demandez au contrôleur*!* ») et (« *Le contrôleur ne s'occupe pas de ça** »). Je commençai à me décourager quelque peu devant la malhonnêteté de la France ; je l'avais remarquée tout de suite sur cet infernal bateau, surtout après l'honnêteté et la dévotion des musulmans. — Le train de Marseille s'arrêta en gare, et une vieille femme vêtue de dentelle noire en descendit et elle laissa tomber un de ses gants de cuir ; un Français élégant se précipita, ramassa le gant et le posa consciencieusement sur un poteau ; je n'eus plus qu'à saisir le gant et courir après la vieille dame pour le lui donner. — Je compris alors pourquoi c'étaient les Français qui avaient perfectionné la guillotine — non pas les Anglais, ni les Allemands, ni les

Danois, ni les Italiens, ni les Indiens, mais les
Français, mes compatriotes.

Pour couronner le tout, quand le train entra
en gare, il n'y avait absolument aucune place
assise et il me fallut rester toute la nuit dans un
couloir glacial. — Quand le sommeil me prenait, il me fallait aplatir mon sac à dos sur les
portes métalliques et froides du couloir et je
m'y adossai, les jambes repliées, pendant que le
convoi traversait à toute vapeur les Provence et
les Bourgogne de cette carte de France grin-
çante. — Six mille francs pour ce grand privi-
lège !

Ah ! mais, le lendemain matin, les faubourgs
de Paris ! L'aube qui s'étalait sur la Seine moro-
se ! (semblable à un petit canal), les bateaux
sur le fleuve, les fumées industrielles des
abords de la ville ! Et puis la gare de Lyon.
— Quand je parvins sur le boulevard Diderot,
je me dis, en apercevant de longues avenues
qui partaient dans tous les sens, bordées de
grands immeubles à huit étages, aux façades
royales et élégantes : « Oui, ils se sont bâti une
cité ! » — Puis, traversant le boulevard Diderot
j'allai prendre un café, un bon express avec des
croissants, dans un bar empli d'ouvriers ; en regardant à travers la vitre, je voyais des femmes
vêtues de longues robes qui se hâtaient vers

leur travail, en cyclomoteur, et des hommes qui avaient de drôles de casques (*La France sportive**), et aussi des taxis, et de vieilles rues larges et pavées ; et il flottait cette odeur indéfinissable des grandes villes où se mêlent le café, les antiseptiques et le vin.

Je partis à pied, dans l'air matinal frais et rouge, franchis le pont d'Austerlitz et longeai le Jardin des Plantes, sur le quai Saint-Bernard : un petit cerf était là, debout, dans la rosée. Puis ce fut la Sorbonne et j'aperçus pour la première fois Notre-Dame, étrange comme un rêve perdu. — Et quand je vis, boulevard Saint-Germain, une grande statue de femme couverte de givre, je me rappelai avoir rêvé autrefois que j'étais un écolier français, à Paris. — J'entrai dans un café et commandai un Cinzano ; je me rendis compte que pour se rendre au travail, c'était la même corvée ici qu'à Houston ou à Boston, ce n'était pas mieux. — Mais je perçus une vaste promesse, des rues interminables, des rues, des filles, des lieux, tout cela avait un sens particulier, et je compris pourquoi les Américains séjournaient dans cette ville, certains pour la vie entière. — Le premier homme que j'avais regardé à Paris, à la gare de Lyon, avait été un Noir très digne, coiffé d'un chapeau.

Une infinité d'êtres humains passèrent de-

vant moi, alors que j'étais attablé au café : de
vieilles dames françaises, de jeunes Malaises,
des écoliers, des garçons blonds qui allaient à
la faculté, de jeunes brunettes élancées qui se
rendaient à leurs cours de droit, des secrétaires
boutonneuses, fortes en hanches, des employés
à lunettes et bérets, des porteurs de bouteilles
à lait avec leur béret et leur cache-nez, des matrones en longues blouses bleues de laborantin-
nes, des étudiants plus âgés qui arboraient un
air soucieux, comme à Boston, de petits agents
de police miteux (à képi bleu) qui passaient en
fouillant leurs poches, de mignonnes blondi-
nettes à queue de cheval, avec hauts talons et
porte-documents à fermeture éclair, des cyclistes à grosses lunettes dont le vélo avait un mo-
teur à l'arrière, des messieurs chapeautés à
lunettes qui déambulaient en lisant *Le Parisien*
et en soufflant de la vapeur, des mulâtres à la
tignasse touffue qui avaient de longues cigarettes aux lèvres, des vieilles dames avec leur pot
à lait et leur sac à provision, des ivrognes genre
W. C. Fields qui crachaient dans le ruisseau et
qui, les mains dans les poches, regagnaient leur
boutique une fois de plus ; une fillette de
douze ans à tête de Chinoise, les dents écartées, presque en larmes (elle fronce les sourcils
— elle a un bleu à la jambe, et des livres de
classe à la main ; jolie et sérieuse comme les

jeunes Noires à Greenwich Village), un chef de bureau porcin court après son autobus, le rattrape sensationnel ! — et disparaît ; de jeunes Italiens moustachus entrent dans le café pour prendre leur verre de vin matinal, d'énormes banquiers de la Bourse, l'air important, vêtus de costumes coûteux prennent quelques sous dans la paume de leur main pour acheter le journal (ils se cognent aux femmes à l'arrêt d'autobus), des penseurs sérieux avec pipe et paquet ; une délicieuse rouquine à lunettes noires qui trotte, clic clac, sur ses talons, vers l'autobus, et une serveuse de café qui jette de l'eau sale dans le ruisseau. —

Des brunettes ravissantes aux jupes étroites. Des collégiennes, coiffées à la Jeanne d'Arc, marmonnent du bout des lèvres les leçons qu'elles apprennent fiévreusement (elles attendront un jeune Marcel Proust, au jardin public, après la classe) ; d'adorables jeunes filles de dix-sept ans, vêtues de longs manteaux rouges, marchent d'un pas décidé, sur leurs talons plats, vers les quartiers centraux. — Un homme à l'allure d'Indien passe en sifflant, il tient un chien en laisse. — De jeunes amoureux sérieux ; le garçon a passé son bras autour des épaules de la fille. — La statue de Danton ne désigne rien ; un zazou parisien — lunettes noires, soupçon de moustache — attend là. — Un petit garçon vêtu d'un costume et coiffé d'un béret, se rend avec son père, un bourgeois, vers des joies matinales.

Le lendemain je descendis le boulevard Saint-Germain caressé par un vent printanier, pris une rue adjacente et pénétrai dans l'église Saint-Thomas-d'Aquin ; je distinguai dans l'obscurité, sur le mur, un énorme tableau représentant un guerrier tombé de cheval, qui se faisait poignarder en plein cœur par un ennemi qu'il regardait bien en face, avec des yeux tristes et lucides de Gaulois, et il avait une main tendue comme pour dire : « C'est ma vie » (il y avait là l'horreur d'un Delacroix). Je méditai sur ce tableau, arpentant les Champs-Élysées brillants et colorés et regardant passer la foule. En proie à une profonde mélancolie, je passai devant un cinéma annonçant *Guerre et Paix*. Deux grenadiers russes armés de sabres, une cape noire sur les épaules, bavardaient aimablement, en français, avec deux touristes américaines.

Longues promenades à pied sur les boulevards avec une fiasque de cognac. — Tous les soirs, une chambre différente ; chaque jour, il me faut quatre heures pour trouver un logis ; à pied, avec tout le barda. — Dans les bas quartiers de Paris, des matrones mal peignées disent : « Complet » d'un ton glacial, quand je leur demande une chambre non chauffée, pleine de cafards, dans la pénombre grise de Paris. — Je vais, je me hâte, avec colère, je me cogne dans les gens, le long de la Seine. — Pour compenser, dans de petits cafés, je me paye des biftecks, que je mâche lentement ; et je bois du vin.

Midi, un café près des Halles ; soupe à l'oignon, pâté maison et pain pour un quart de dollar. — L'après-midi, des filles parfumées, en manteau de fourrure, boulevard Saint-Denis. — « *Monsieur ?*

— Bien sûr... »

Je finis par trouver une chambre que je pourrai garder trois jours entiers, un hôtel froid, sinistre, crasseux, délabré, que tenaient deux souteneurs turcs, les plus braves types que j'aie rencontrés à Paris. C'est là, avec ma fenêtre ouverte aux lugubres pluies d'avril, que je passai mes meilleures nuits et rassemblai assez de force pour faire mes trente kilomètres quotidiens, à pied, dans la reine des cités.

Mais, le lendemain, je ressentis soudain un bonheur inexplicable, lorsque, assis dans le jardin public en face de l'église de la Trinité, non loin de la gare Saint-Lazare, je me trouvai au milieu des enfants ; puis j'entrai dans l'église et vis une mère priant avec une dévotion qui surprit son fils. — Un instant plus tard, je vis une mère toute petite, avec son fils en culotte courte qui était aussi grand qu'elle.

Je déambulai dans ce quartier ; à Pigalle, il se mit à tomber de la neige fondue ; le soleil apparut soudain à Rochechouart, et je découvris Montmartre. — Maintenant je savais où je m'installerais si jamais je venais vivre à Paris. — Manèges pour enfants, marchés merveilleux, baraques où l'on débitait des casse-croûte, boutiques de marchands de vin, cafés au pied de la merveilleuse basilique blanche du Sacré-Cœur ; des femmes et des enfants font la queue pour acheter des croustillons allemands tout chauds ; à l'intérieur on sert du cidre de Normandie. — De jolies fillettes sortent de l'école paroissiale pour rentrer chez elles. — C'est l'endroit rêvé pour se marier, et élever une famille, dans ces rues étroites et heureuses pleines d'enfants portant de longues baguettes de pain. — Pour un quart de dollar, j'achetai un énorme morceau de gruyère à un stand, puis un gigantesque morceau de viande en gelée, délicieuse comme un crime ; et, dans un bar, je dégustai tranquillement un verre de porto ; ensuite, j'allai voir l'église, plantée là-haut au sommet de la colline qui dominait les toits humides de pluie de Paris. —

La basilique du Sacré-Cœur-de-Jésus est belle ; peut-être, à sa manière, est-elle la plus belle

de toutes les églises (si vous avez un cœur ro-
coco, comme le mien) ; des croix rouge sang
sur les vitraux ; le soleil couchant projette des
colonnades dorées sur les bizarres bleus byzan-
tins des autres chapelles — véritables bains de
sang dans la mer bleue — et toutes ces pauvres
plaques tristes commémorant la construction
de l'église après la mise à sac par Bismarck.

Au bas de la colline, sous la pluie, j'entrai
dans un magnifique restaurant, rue de Clignan-
court, et j'eus droit à cette imbattable soupe
française aux légumes écrasés, suivie d'un repas
complet avec une corbeille de pain français ; le
vin était servi dans ces fragiles verres à pied
dont j'avais rêvé. — Je regardai, à l'autre bout
de la salle, les cuisses timides d'une jeune ma-
riée qui dînait avec son mari, un fermier
— leur grand souper de lune de miel — aucun
d'eux ne parlait. — Ils allaient répéter maintenant les mêmes gestes pendant cinquante ans
dans une cuisine ou une salle à manger de province. — Le soleil réussit à percer de nouveau
et, le ventre bien plein, je déambulai au milieu
des tirs forains et des manèges de Montmartre
et je vis une jeune mère embrasser sa petite
fille qui tenait une poupée dans ses bras ; elle
la cajolait en riant et l'embrassait, heureuses
qu'elles étaient de s'être si bien amusées sur les
chevaux de bois, et je vis l'amour divin de Dos-

toïevski dans ses yeux (et là-haut, sur la colline dominant Montmartre, Il tendait Ses bras).

Plein d'une euphorie merveilleuse, maintenant, je continuai ma promenade, allai toucher un chèque de voyage à la gare du Nord et descendis, avec entrain et gaieté, le boulevard de Magenta jusqu'à l'immense place de la République ; et je poursuivis ma route, coupant parfois par des petites rues. — Il faisait nuit ; je descendis le boulevard du Temple et le boulevard Voltaire (jetant un coup d'œil, au passage, dans d'obscurs restaurants bretons) puis le boulevard Beaumarchais où je m'imaginais que je pourrais voir la sinistre prison de la Bastille ; je ne savais même pas qu'elle avait été rasée en 1789. Je demandai à un passant : « *Où est la vieille prison de la Révolution** ? » Il éclata de rire et me dit qu'il en restait quelques pierres dans la station de métro. — Je descendis sur les quais du métro ; les affiches publicitaires étaient d'une pureté étonnante ; imaginez en Amérique, une réclame pour le vin montrant une fillette de dix ans toute nue, coiffée d'un chapeau de paille, enroulée autour d'une bouteille de vin. — Et ces extraordinaires plans du métro qui s'allument et vous montrent votre chemin, avec des lampes de différentes couleurs, quand vous appuyez sur le bouton correspondant à la station où vous désirez aller !

— Imaginez l'I.R.T. de New York. Et ces trains impeccables ! Un clochard sur un banc, dans une ambiance absolument surréaliste (aucune comparaison avec l'arrêt de la 14ᵉ Rue, sur la ligne Canarsie).

Les paniers à salade de Paris passaient à toute vitesse en chantant dîî dâ dîî dâ. —

Le lendemain, je partis à la découverte des librairies, et j'entrais à la bibliothèque Benjamin Franklin, sur l'emplacement du vieux Café Voltaire (face à la Comédie-Française), où tout le monde, de Voltaire à Gauguin, à Scott Fitzgerald, est venu boire ; maintenant, ce lieu est hanté par des bibliothécaires américains compassés, sans expression. — Puis j'allai jusqu'au Panthéon et je dégustai une délicieuse soupe aux pois et un petit steak dans un beau restaurant plein d'étudiants et de professeurs de droit végétariens. — Et je m'assis dans un petit jardin public, place Paul-Painlevé, et observai rêveusement un rang incurvé de belles tulipes roses et rigides et des moineaux gras et hirsutes qui se balançaient, tandis que passaient lentement des *mademoiselles* aux cheveux courts. Ce n'est pas que les Françaises soient belles, c'est leur bouche mignonne et leur manière si douce de parler français (elles font une petite moue rose avec leurs lèvres), la perfection qu'ont atteinte leurs cheveux courts et leur dé-

marche nonchalante, leur grande sophistica-
tion et naturellement le chic avec lequel elles
s'habillent et se déshabillent.

Paris, un coup de poignard en plein cœur,
tout compte fait.

Le Louvre — J'ai fait des kilomètres et des
kilomètres devant des toiles prestigieuses.

Dans les gigantesques portraits de Napoléon Ier et de Pie VII, j'ai vu de petits enfants
de chœur, au fond, qui caressaient le pom-
meau du sabre d'un maréchal (la scène se
passe à Notre-Dame de Paris, l'impératrice José-
phine est à genoux, jolie comme une fille du
boulevard). Fragonard, si délicat, à côté de Van
Dyck et un grand Rubens fumeux *(La Mort de
Didon)*. — Mais à mesure que je le regardais, le
Rubens me semblait de plus en plus réussi avec
les vigoureuses tonalités crème et roses, les
yeux lumineux et chatoyants, la robe mauve
terne sur le lit. Rubens était heureux, personne
ne posait pour lui pour toucher un cachet et sa
gaie *Kermesse* montrait un vieil ivrogne sur le
point d'être malade. — *La Marquesa de la So-
lena*, de Goya, aurait pu difficilement être une
œuvre plus moderne, avec ces larges chaussures
d'argent qui pointent en avant comme des
poissons qui s'entrecroisent, les immenses ru-
bans roses et diaphanes sur un visage rose de

sœur. — Une Française bien typique (pas du genre cultivé) dit soudain : « *Ah, c'est trop beau * !* »

Mais alors Bruegel ! Sa *Bataille d'Arbelles* avait au moins six cents visages clairement définis dans une folle mêlée confuse et impossible qui ne mène nulle part. — Rien d'étonnant à ce que Céline l'ait aimé. — On y lit une compréhension totale de la folie du monde, avec des milliers de visages clairement définis et des épées, et au-dessus les calmes montagnes, les arbres sur une colline, les nuages ; et tout le monde riait à la vue de ce chef-d'œuvre démentiel cet après-midi-là ; les gens savaient ce qu'il signifiait.

Et Rembrandt. — Les arbres apparaissent confusément dans l'obscurité du crépuscule, et ce château évoque la demeure d'un vampire transylvanien. — Placé juste à côté, son *Bœuf écorché* est une œuvre absolument moderne avec sa grosse tache de sang. Le pinceau de Rembrandt a tourbillonné sur le visage du Christ dans *Les Pèlerins d'Emmaüs* et, dans *La Sainte Famille*, il fait une étude détaillée du sol, avec la couleur des planches et des clous. — Pourquoi peindrait-on à la manière de Rembrandt, à moins de s'appeler Van Gogh ? *Le Philosophe en méditation* fut l'œuvre que je préférai, à cause de ses lumières et de ses ombres

beethoveniennes. J'aimai aussi *L'Ermile lisant*,
avec son vieux front doux ; et *Saint Matthieu ins-
piré par l'Ange* m'apparut comme un miracle
— ces touches vigoureuses — les gouttelettes
de peinture rouge sur la lèvre inférieure de
l'ange et les mains rudes du saint prêtes à
écrire l'Évangile... ah ! miraculeux aussi le voile
de fumée au-dessus du bras gauche de l'ange
dans *L'Ange Raphaël quittant Tobie.* — Que pouvez-vous faire ?

Soudain, je pénétrai dans la salle du XIXᵉ siècle, et ce fut une explosion de clarté — d'or
étincelant et de lumière. Van Gogh — son
église chinoise d'un bleu démentiel avec la
femme qui se hâte — le secret de cette peinture — la maîtrise de cet art oriental et spon-
tané qui, par exemple, fait voir le dos de la
femme, son dos tout blanc — de la toile sans
couleur, sauf quelques traits noirs et épais.
— Et le bleu étrange du toit de l'église où Van
Gogh avait connu cette extase ! — Je voyais le
rouge de la joie, la joie folle qui l'avait soulevé
au cœur de ce temple. — Sa toile la plus dé-
mentielle : les jardins avec les arbres insensés
qui tournoyaient dans le tourbillonnement du
ciel bleu, l'un des arbres explosant finalement
en simples lignes noires — une œuvre d'aliéné
presque, une œuvre divine — les épaisses on-
dulations et les cercles de couleurs — les belles

teintes rouille, huilées, les tons crème, les verts...

J'étudiais les ballets de Degas — qu'ils sont sérieux ces visages parfaits de l'orchestre ; puis soudain, c'est l'explosion sur la scène — le rose ténu des robes des ballerines, les flocons de couleur. — Et Cézanne qui peignait exactement, comme il voyait, plus précis et moins divin que Van Gogh, peintre sacré — ses pommes vertes, son étrange lac bleu avec ses acrostiches, sa façon de dissimuler la perspective (une jetée, dans le lac, cela suffit, une seule ligne de montagnes). Gauguin — à côté de ces maîtres — m'apparaissait presque comme un dessinateur habile. — Comparé à Renoir aussi, dont la peinture d'un après-midi en France était si splendidement colorée par le dimanche après-midi de tous nos rêves d'enfance — roses, mauves, rouges, balançoires, danseuses, tables, joues roses et rires éclatants.

En sortant de cette salle brillante, Frans Hals, le plus gai de tous les peintres qui aient jamais vécu. Puis un dernier coup d'œil à l'Ange de saint Matthieu, de Rembrandt — sa bouche barbouillée de rouge a remué quand je l'ai regardée.

Avril à Paris, neige fondue à Pigalle ; mon séjour touche à sa fin. — Dans mon hôtel-taudis

il faisait froid et, comme il tombait encore de
la neige fondue, j'ai mis mes vieux blue-jeans,
ma vieille casquette à oreillettes, mes gants de
cheminot et ma canadienne à fermeture éclair ;
les mêmes vêtements que ceux que j'aurais por-
tés si j'avais été garde-frein dans les montagnes
de Californie ou garde forestier dans le Nord-
Ouest ; et je traversai la Seine d'un pas rapide
pour aller aux Halles prendre un dernier repas : pain frais, soupe à l'oignon et pâté.
— Maintenant, ô délices, je marche au froid
crépuscule dans Paris, au milieu de vastes marchés aux fleurs ; puis je succombe aux charmes
de frites fines et croustillantes accompagnées
d'une bonne saucisse en sandwich, trouvées à
une baraque installée à un coin de rue balayé
par le vent ; puis j'entre dans un restaurant
bondé d'ouvriers et de bourgeois qui ont tous
l'air de s'amuser follement ; j'ai failli me
fâcher : on avait oublié de m'apporter aussi le
vin, si gai et si rouge, dans un beau verre à
pied. — Après le repas, je rentre chez moi sans
me presser pour préparer mes bagages ; je pars
pour Londres demain ; je décide alors d'acheter un dernier gâteau parisien, pensant à un
Napoléon, comme d'habitude, mais la ven-
deuse ayant cru que je demandais un Milanais,
je prends ce qu'elle me tend et commence à le
manger en traversant le pont et alors ! ! !... La

plus merveilleuse des pâtisseries du monde ! Pour la première fois de ma vie, je suis submergé par une sensation gustative : une crème épaisse et brune au moka couverte d'amandes coupées en tranches, et un petit soupçon de pâte, mais si relevée que ma bouche et mon nez sont subjugués par son arôme. On dirait un mélange de bourbon ou de rhum avec du café et de la crème. — Vite, je rebrousse chemin, et en achète un second que je déguste avec un petit express bien chaud dans un café, en face du théâtre Sarah-Bernhardt — mon dernier régal à Paris ; je savoure ce nanan en regardant les spectateurs proustiens sortir du théâtre et appeler des taxis...

Le lendemain matin, à six heures, je me lève et me lave à l'évier ; et l'eau qui coule du robinet me parle avec une sorte d'accent cockney. — Je sors en toute hâte, sac au dos, et dans le jardin public j'entends un oiseau que je ne connaissais pas, une fauvette de Paris qui gazouille au bord de la Seine toute fumante de ses brumes matinales.

Je prends le train de Dieppe et nous partons, à travers une banlieue enfumée, à travers la Normandie ; des champs d'un vert pur dans la pénombre, de petites maisons, certaines en briques rouges, d'autres qui ont des poutrelles en bois, d'autres de la pierre ; sous une petite pluie fine, nous longeons la Seine qui ressemble à un canal. Nous passons à Vernon et dans de petites villes qui s'appellent Vauvay et Quelque chose-sur-Cie, et nous arrivons à Rouen, ville sombre et sinistre — un endroit horriblement pluvieux et lugubre pour se faire brûler sur un bûcher. — Pendant tout ce temps, mon âme s'exalte quand je pense que je vais arriver en Angleterre à la tombée de la nuit. — Londres, le brouillard du vieux Londres de la réalité. — Comme d'habitude, je suis debout dans le couloir glacial — pas de place dans les compartiments — m'asseyant parfois sur mon sac, bousculé par une bande de jeunes Gallois hurlants ; leur professeur, un homme paisible, me prête le *Daily Mail.* — Après Rouen, les haies et les prés plus mornes que jamais, et puis c'est Dieppe avec ses toits rouges et ses vieux quais, ses rues pavées et ses cyclistes, les cheminées fumantes, la pluie morne, le froid âpre d'avril ; et moi, j'en ai assez de la France, enfin.

Le bateau est bourré jusqu'à la gueule, des centaines d'étudiants et des vingtaines de jolies Françaises et de belles Anglaises, avec leur queue de cheval ou leurs cheveux courts. — Vite, nous quittons la côte française et après avoir vogué un moment entre le ciel et l'eau nous commençons à voir de verts pâturages arrêtés soudain, comme par un trait de crayon, par des falaises calcaires ; et voici l'île qui tient le sceptre : l'Angleterre ! Le printemps en Angleterre !

Tous les étudiants chantaient, en bandes joyeuses ; ils partirent vers les autocars de Londres qui leur étaient réservés mais on me fit asseoir (j'étais de ceux que l'on fait asseoir) parce que j'avais été assez stupide pour dire que je n'avais en poche que l'équivalent de quinze shillings. — Je m'installai à côté d'un Noir, un Antillais, qui n'avait pas de passeport et portait des piles de vestons et de pantalons étranges et usagés. Il répondit bizarrement aux questions des inspecteurs ; on eût dit qu'il était ailleurs ; je me souvins alors qu'il s'était cogné contre moi, distraitement, sur le bateau, pendant la traversée. — Deux grands agents de police britanniques vêtus de bleu nous surveillaient (lui et moi) d'un air soupçonneux, avec le sourire sinistre des limiers de Scotland Yard, pointant leur long nez étrange, attentifs et méditatifs comme dans un vieux film de Sherlock Holmes. Le Noir les regardait d'un air terrifié. L'une de ses vestes tomba à terre, mais il ne prit pas la peine de la ramasser. — Une étrange lueur était apparue dans les yeux de l'officier d'immigration (un jeune freluquet à tête d'intellectuel) puis une autre lueur étrange dans les yeux d'un inspecteur et je me rendis compte soudain que le Noir et moi étions cernés. — Et c'est alors que surgit un inspecteur des douanes, un homme énorme, roux et jovial ; il venait nous interroger.

Je lui racontai mon histoire. — J'allais à Londres pour prendre un chèque, des droits d'auteur, chez un éditeur anglais, puis je partirais pour New York à bord de l'*Île-de-France*. — Ils ne me crurent pas. — Je n'étais pas rasé, j'avais un sac sur le dos, j'avais l'air d'un vagabond.

« Que croyez-vous que je suis ? » dis-je. Et le rouquin dit :

« Non mais, nous ne voyons vraiment pas ce que vous faisiez au Maroc ou en France, ni ce que vous venez faire en Angleterre avec quinze shillings. »

Je leur dis de téléphoner à mes éditeurs ou à mon agent littéraire à Londres. Ils téléphonèrent, mais personne ne répondit. — C'était un samedi. Les agents me regardaient en se caressant le menton. — Ils avaient déjà emmené le Noir. Soudain, j'entendis une plainte horrible, celle d'un aliéné qui geint dans un asile et je demandai :

« Qu'est-ce que c'est ?

— C'est votre ami le nègre.

— Qu'est-ce qu'il a ?

— Il n'a ni passeport ni argent ; selon toute

vraisemblance il s'est échappé d'un asile d'aliénés en France. Maintenant, avez-vous trouvé un moyen de prouver la véracité de votre histoire, sinon nous allons devoir vous garder.

— En prison ?

— Absolument. Mon cher ami, on ne peut pas entrer en Angleterre avec quinze shillings.

— Mon cher ami, vous ne pouvez pas mettre un Américain en prison.

— Ça oui ! Si nous avons des motifs de le soupçonner.

— Vous ne croyez donc pas que je suis écrivain ?

— Nous n'avons aucun moyen de le savoir.

— Mais je vais manquer mon train. Il va partir d'une minute à l'autre !

— Mon cher ami... »

Je fourrageai dans mon sac et trouvai soudain dans un magazine un entrefilet où il était question de moi et de Henry Miller ; on y parlait de nos livres, je le montrai à l'inspecteur des douanes. Son visage s'éclaira :

« Henry Miller ? C'est extraordinaire. Nous l'avons arrêté, lui aussi, il y a quelques années. Il a pas mal écrit sur Newhaven. »

(Ce Newhaven-là était beaucoup plus sinistre que celui du Connecticut, avec ses fumées de charbon dans la pénombre.) Mais le douanier était immensément satisfait ; il confronta mon nom une nouvelle fois, dans le magazine et sur mon passeport, et dit :

« Bien, j'ai l'impression que tout cela va se terminer par une poignée de main et des sourires. Je suis terriblement navré. Je crois que nous pouvons vous laisser partir — étant bien entendu que vous quitterez l'Angleterre avant un mois.

— Ne vous tourmentez pas. »

Le Noir criait et tapait, quelque part à l'intérieur, et je ressentis une peine horrible parce qu'il n'avait pas réussi à débarquer sur l'autre rive. Je courus jusqu'au train que je réussis à prendre tout juste à temps. — Les joyeux étudiants étaient tous à l'avant, et j'avais un wagon entier pour moi seul ; nous partîmes silencieusement et nous traversâmes très vite, dans un beau train anglais, un paysage peuplé d'agneaux de l'antique Blake.

— Et j'étais hors de danger.

La campagne anglaise — fermes tranquilles, vaches, prairies, landes, routes étroites et fermiers à bicyclette qui attendent aux carrefours... et bientôt, le samedi soir à Londres.

Abords de la grande ville en fin d'après-midi, comme le vieux rêve des rayons du soleil à travers les arbres de l'après-midi. — Devant la gare Victoria, quelques limousines attendent certains des étudiants. — Sac au dos, surexcité, je pars à pied dans la nuit qui s'épaissit ; je remonte Buckingham Palace Road et, pour la première fois, je vois de longues rues désertes. (Paris est une femme mais Londres est un homme indépendant qui fume sa pipe dans un « pub ».) — Je passe devant le Palais, descends le Mall, traverse St. James's Park, et arrive au Strand — voitures et fumées, foules anglaises râpées qui émergent des cinémas, Trafalgar Square puis Fleet Street : il y a moins de voitures, les cafés sont plus sombres ; des ruelles tristes s'ouvrent de part et d'autre, et je remonte ainsi presque jusqu'à la cathédrale Saint-Paul ; mais l'atmosphère se fait plus triste, plus johnsonienne. — Je rebrousse donc chemin, fatigué, et j'entre dans un « pub », le *King Lud* pour me faire servir une fondue au fromage à la galloise, pour un demi-shilling, et une « stout ».

Je téléphonai à mon agent littéraire pour lui décrire ma situation.

« Mon cher ami, c'est terriblement dommage que je n'aie pas été là cet après-midi. Nous étions allés voir ma mère dans le Yorkshire. Cinq livres, ça vous dépannerait ?

— Oui ! »

Je pris un autobus pour me rendre à son élégant appartement de Buckingham Gate. (J'étais passé juste devant en descendant du train) et

j'allai trouver le digne vieux couple. — Lui —
il avait un bouc — m'offrit une place au coin
du feu ; il me versa du scotch, et me donna
tous les détails sur sa mère centenaire qui lisait
le texte intégral du livre de Trevelyan : *Histoire
sociale de l'Angleterre.* — Le chapeau, les gants, le
parapluie, tout était sur la table, attestant son
mode de vie, et moi, j'avais l'impression d'être
le héros américain d'un très vieux film. — Cri
lointain du petit enfant sous le pont de la
rivière, il rêve de l'Angleterre. — Ils me donnè-
rent des sandwiches et de l'argent et je repartis
dans Londres, aspirant avec délices le brouillard de Chelsea ; les agents erraient dans la
brume laiteuse ; je me demandai : « Qu'est-ce
qui va étrangler le flic dans le brouillard ? »
Lumières confuses ; un soldat anglais déambu-
le ; d'un bras il entoure les épaules de son
amie ; de sa main restée libre il mange du poisson et des frites ; klaxons des taxis et des autobus, Picadilly à minuit ; un groupe de blousons
noirs me demande si je connais Gerry Mulli-
gan. — Finalement je trouve une chambre à
quinze shillings à l'hôtel Mapleton (sous les
combles) et je passe une nuit divine, dormant
la fenêtre ouverte ; le lendemain matin, pendant toute une heure les carillons s'en donnent
à cœur joie, vers onze heures ; et la femme de
chambre m'apporte un plateau chargé de

toasts, beurre, confiture d'oranges, lait chaud et café brûlant ; et moi, je reste allongé, frappé d'étonnement.

Et l'après-midi du vendredi saint, j'assistai à un splendide concert : la Passion selon saint Matthieu, exécutée par la maîtrise de Saint-Paul, accompagnée par un grand orchestre et par un groupe supplémentaire de choristes. — Je pleurai presque tout le temps et j'eus la vision d'un ange dans la cuisine de ma mère ; je fus pris du désir de rentrer, de revoir la douce Amérique. — Et je compris qu'il importait peu que nous péchions, que mon père était mort d'impatience, uniquement, et que mes petites vexations n'avaient pas d'importance non plus. — Bach, ce musicien sacré, me parlait ; en face de moi, il y avait un magnifique bas-relief en marbre montrant le Christ et trois soldats romains qui l'écoutaient : « Et il leur dit de ne commettre aucune violence contre aucun homme, de ne jamais accuser personne faussement, et de se contenter de leur salaire. » Je sortis et, en faisant à pied dans la pénombre, le tour de l'œuvre maîtresse de Sir Christopher Wren, j'aperçus la grisaille des ruines du Blitz de Hitler tout à l'entour. Je vis alors quelle était ma mission.

Au British Museum, je cherchai ma famille dans la *Rivista Araldica*, IV, page 240, « Lebris de Kerouak. Canada, originaire de Bretagne. Bleu sur bande d'or avec trois clous d'argent. Devise : "Aime, travaille et souffre." »

J'aurais pu m'en douter.

Au dernier moment, je découvris l'Old Vic en attendant le train qui allait me mener à Southampton. — On y donnait *Antoine et Cléopâtre*. La représentation se déroula selon un rythme d'une régularité merveilleuse, les paroles et les sanglots de Cléopâtre plus beaux que la musique, Enobarbus noble et fort, Lépide retors et comique dans la scène de beuverie sur le navire de Pompée, Pompée martial et dur, Antoine viril, César sinistre ; et tout en entendant, à l'entracte, des spectateurs cultivés critiquer Cléopâtre, j'étais certain d'avoir vu Shakespeare tel qu'il doit être joué.

Dans le train, en allant à Southampton, les arbres cérébraux dans les champs de Shakespeare et les prairies rêvent, pleines des petits points blancs que sont les agneaux.

Le vagabond américain
en voie de disparition

Le vagabond américain a bien du mal à mener sa vie errante aujourd'hui avec l'accroissement de la surveillance que la police exerce sur les routes, dans les gares, sur les plages, le long des rivières et des talus, et dans les mille et un trous où se cache la nuit industrielle. — En Californie, le chemineau, ce type ancien et original qui va à pied de ville en ville avec ses vivres et son matériel de couchage sur son dos, le « Frère sans Logis », a pratiquement disparu, en même temps que le vieux rat du désert chercheur d'or qui cheminait, le cœur plein d'espoir, à travers les villes de l'Ouest qui vivotaient alors et qui sont maintenant si prospères qu'elles ne veulent plus des vieux clochards. — « Mon vieux, on n'en veut plus de chemineaux par ici, bien que ce soient eux qui ont fondé la Californie », dit un vieillard qui se ca chait avec une boîte de haricots, près d'un feu indien, au bord d'une rivière, aux alentours de Riverside, Californie, en 1955. — De grandes et sinistres voitures de police payées par les contribuables — (modèles 1960 avec des projecteurs sans humour) risquent de survenir, d'un moment à l'autre, de tomber sur le clochard qui s'en va, en quêtc de son idéal : la liberté, les collines du silence sacré et de la sainte intimité. — Il n'est rien de plus noble que de s'accommoder de quelques désagréments comme les serpents et la poussière pour jouir d'une liberté absolue.

J'étais moi-même un vagabond, mais d'une espèce particulière, comme vous l'avez vu, parce que je savais qu'un jour mes efforts littéraires seraient récompensés par la protection de la société. — Je n'étais pas un vrai chemineau qui ne nourrit aucun autre espoir que cette espérance éternelle et secrète que l'on peut concevoir quand on dort dans des wagons de marchandises vides qui remontent la vallée du Salinas, par une journée chaude et ensoleillée de janvier, pleine d'une Éternité Splendide, en direction de San Jose où des clochards d'aspect minable vous regarderont, la bouche hargneuse, et vous offriront à boire et à manger — le long de la voie ou au bord de la rivière, à Guadaloupe.

Le rêve originel du chemineau, c'est dans un délicieux petit poème cité par Dwight Goddard, dans sa Bible bouddhiste, qu'il a été le mieux exprimé :

Oh oui, pour cet unique et rare événement
Avec joie donnerais dix mille pièces d'or !
Un chapeau sur la tête et un sac sur le dos,
Mon bâton, le vent frais, la lune dans le ciel.

En Amérique, on s'est toujours fait (vous remarquerez le ton particulièrement whitmanien de ce poème qui a été probablement écrit par le vieux Goddard) une idée particulière et bien définie de la liberté que confère la marche à pied, depuis l'époque de Jim Bridger et de Johnny Appleseed, et qui est encore prônée aujourd'hui par un groupe s'amenuisant sans cesse d'hommes hardis, attachés à cette tradition et que l'on voit encore parfois, attendant sur une route du désert un autocar qui les mènera à la ville voisine où ils iront mendier (ou travailler) et manger ; ou alors ils partent vers l'est du pays, accueillis par l'Armée du Salut, et ils vont de ville en ville, d'État en État vers leur destinée finale : ils échoueront dans les taudis des grandes villes quand leurs jambes les auront abandonnés. — Et pourtant, il n'y a pas si longtemps, en Californie, j'ai bel et bien vu (au

fond d'une gorge, près de la voie ferrée, non
loin de San Jose, enfoui dans les feuilles d'eu-
calyptus et au sein de l'oubli béni que confè-
rent les vignes) un groupe de cabanes en tôles
et en planches, un soir ; en face de l'une d'elles
était assis un vieillard qui tirait sur sa pipe en
épi de maïs bourrée de tabac Granger à quinze
cents. Les montagnes du Japon sont pleines de
ces cabanes d'hommes libres et de ces vieillards
qui palabrent en buvant des infusions de raci-
nes, et qui attendent la Révélation Suprême à
laquelle on ne peut accéder qu'en se plongeant
de temps en temps dans une solitude totale.

En Amérique, le camping est considéré
comme un sport sain pour les boy-scouts mais
comme un crime quand il est pratiqué par des
adultes qui en ont fait leur vocation. — La pau-
vreté est considérée comme une vertu chez les
moines des nations civilisées — en Amérique,
vous passez une nuit au violon si l'on vous
prend à ne pas avoir sur vous une certaine
somme (c'était cinquante cents la dernière fois
que j'en ai entendu parler, mon Dieu, combien
est-ce maintenant ?).

À l'époque de Bruegel, les enfants dansaient
autour du vagabond ; il portait d'énormes haillons et il regardait toujours droit devant lui, in-
différent aux enfants ; et les familles laissaient
les petits jouer avec le chemineau, c'était tout

naturel. — Mais aujourd'hui les mères serrent leurs enfants contre elles quand le vagabond traverse la ville à cause de ce que les journaux ont dit du vagabond : il viole, il étrangle ; il mange les enfants. — Écartez-vous des inconnus, ils vous donneraient des bonbons empoisonnés. Bien que le chemineau de Bruegel et le chemineau d'aujourd'hui soient les mêmes, les enfants sont différents. — Où est même le vagabond chaplinesque ? Le vieux Vagabond de la Divine Comédie ? Le vagabond, c'est Virgile, il fut le premier de tous. — Le vagabond fait partie du monde de l'enfant (comme dans la célèbre toile de Bruegel représentant un énorme vagabond qui traverse solennellement le village pimpant et propret, les chiens aboient sur son passage, les enfants rient, saperlipopette) ; mais aujourd'hui, notre monde est un monde d'adultes, ce n'est plus un monde d'enfants. Aujourd'hui, on oblige le vagabond à s'esquiver — tout le monde admire les prouesses des policiers héroïques à la télévision.

Benjamin Franklin a mené une existence de vagabond en Pennsylvanie ; il a traversé Philadelphie avec trois gros rouleaux sous le bras et une pièce d'un demi-penny du Massachusetts à son chapeau. — John Muir a été un vagabond qui est allé dans les montagnes, la poche pleine de morceaux de pain sec qu'il trempait dans les rivières.

Whitman terrifiait-il les enfants de la Louisiane quand il cheminait sur la grand-route ?

Et le vagabond noir ? Un solitaire des montagnes du Sud ? Un voleur de poulets ? Un Rémus ? Le vagabond noir, dans le Sud, est le dernier vestige des clochards de Bruegel, les enfants le respectent, ils l'observent avec considération sans faire de commentaires. Vous le voyez sortir de la lande avec un vieux sac indescriptible. Transporte-t-il des pommes de pin ? Porte-t-il le Lapin Br'er ? Personne ne sait ce qu'il a dans son sac.

L'Homme de 49, le fantôme des plaines, le vieux Zacatecan Jack, le Saint Errant, le prospecteur, les esprits et les fantômes du vagabondage, tous ont disparu — mais eux (les prospecteurs) ont voulu emplir d'or leur sac indescriptible. — Teddy Roosevelt, politicien vagabond — Vachel Lindsay, le troubadour vagabond, le vagabond miteux — combien de pâtés pour un de ses poèmes ? Le vagabond vit dans un Disney-land, la terre de Pete-le-chemineau, où tout n'est que lions humains, hommes de fer-blanc, chiens lunaires aux dents de caoutchouc, sentiers orange et mauves, châteaux d'émeraude qui se profilent au loin, philosophes débonnaires de sorcières. — Aucune

sorcière ne s'en est jamais prise à un vagabond.
— Le vagabond a deux montres que l'on ne
peut acheter chez Tiffany ; à un poignet le soleil, à l'autre poignet la lune, les deux mains
sont faites de ciel.

Écoutez ! Écoutez ! Les chiens aboient
Les mendiants arrivent à la ville ;
Certains sont en haillons, et d'autres en guenilles
Et d'autres en robes de velours.

L'époque de l'avion à réaction crucifie le vagabond : comment ce dernier pourrait-il
voyager clandestinement dans un avion de mes-
sagerie ? Louella Parsons manifeste-t-elle de la
sympathie pour les vagabonds ? je me le demande. Henry Miller, lui, leur permettait de se
baigner dans sa piscine. — Et Shirley Temple,
à qui le vagabond a donné l'oiseau bleu ? Les
jeunes Temple sont-elles dépourvues d'Oiseau
bleu ?

Aujourd'hui, il faut que le vagabond se dissi-
mule, il a moins de cachettes, les flics le recher-
chent, *alerte à toutes les voitures, vagabonds dans*
les parages de Bird-in-Hand. — Jean Valjean,
chargé de son sac de candélabres, criant au
jeune garçon : « Voilà ton *sou,* ton *sou* ! »... Bee-
thoven fut un vagabond qui se mit à genoux et
écouta la lumière, un vagabond sourd qui ne

pouvait entendre les plaintes des autres vagabonds. — Einstein, le vagabond, avec son pull-
over en agneau à col roulé, Bernard Baruch le
vagabond sans illusion, assis sur un banc dans
un jardin public avec, à son oreille, un appareil
en plastique qui lui permettait de capter les
voix : il attendait John Henry, il attendait quelqu'un qui eût perdu complètement la raison, il
attendait l'épopée perse. —

Serge Essénine fut un vagabond prestigieux
qui profita de la Révolution russe pour courir
de côté et d'autre, buvant du jus de pommes
de terre dans les villages arriérés de Russie (son
plus célèbre poème s'intitule *Confession d'un clochard*) ; c'est lui qui a dit, au moment où l'on
prenait d'assaut le palais du tsar : « En ce moment, j'ai grande envie de pisser par la fenêtre
en visant la lune. » C'est le vagabond sans *ego*
qui donnera un jour naissance à un enfant
— Li Po était un vagabond puissant. — L'*ego*
est le plus grand des vagabonds — Salut Ego
vagabond ! Toi dont le monument sera un jour
une superbe boîte à café en fer-blanc.

Jésus fut un vagabond étrange qui marchait
sur l'eau. —

Bouddha fut aussi un vagabond qui ne prê-
tait aucune attention aux autres vagabonds.

Le Chef Pluie-Au-Visage, plus sinistre
encore. —

W. C. Fields — son nez rouge expliquait le sens du triple mot, Grand Véhicule, Véhicule Plus Petit, Véhicule de Diamant.

Le chemineau est fils de la fierté, il n'appartient à aucune communauté ; il n'y a que lui et d'autres chemineaux et, peut-être, un chien. — Le soir, les vagabonds, près du talus du chemin de fer, font chauffer d'énormes casseroles de café. — Fière était la manière dont le chemineau traversait une ville, passait à côté des entrées de service, derrière les maisons, là où les pâtés refroidissaient sur le rebord des fenêtres ; le chemineau était un lépreux mental, il n'avait pas besoin de mendier pour manger, les vigoureuses matrones de l'Ouest le reconnaissaient au bruissement de sa barbe et à sa toge en guenilles, « *viens le chercher !* ». Mais aussi fier qu'on le soit, pourtant, il se pose parfois des problèmes : quand elles criaient « *venez le chercher* », des hordes de chemineaux survenaient dix ou vingt à la fois, et il était plutôt difficile d'en nourrir un tel nombre ; parfois les vagabonds manquaient d'égards pour les autres, mais pas toujours ; quand cela leur arrivait ils avaient perdu leur fierté, ils étaient devenus des clochards — ils émigraient dans la Bowery à New York, dans Scollay Square à Boston, dans Pratt Street à Baltimore, dans Madison Street à

Chicago, dans la 12e Rue à Kansas City, dans
Larimer Street à Denver, dans South Main
Street à Los Angeles, dans la partie centrale de
Third Street à San Francisco, dans Skid Road à
Seattle (toujours les « quartiers maudits »). —

La Bowery, c'est le refuge des vagabonds qui
sont venus dans la grande ville pour récupérer
de grosses sommes d'argent en entassant les
cartons dans des voitures à bras. —

Beaucoup de clochards de la Bowery sont des
Scandinaves ; beaucoup saignent facilement
parce qu'ils boivent trop. — Quand l'hiver arrive, les clochards boivent une boisson appelée
« smoke » ; c'est de l'alcool de bois avec une
goutte de teinture d'iode et un zeste de citron ;
ils avalent ça et voilà ! Ils entrent en hiberna-
tion tout l'hiver pour ne pas attraper froid,
parce qu'ils n'ont pas de logis et il fait très
froid quand on vit dehors, l'hiver, dans la
grande ville. — Parfois les vagabonds dorment
dans les bras les uns des autres, pour se tenir
chaud, à même le trottoir. Les vétérans des Mis-
sions de la Bowery disent que les clochards qui
boivent de la bière sont les plus agressifs de
tous.

L'établissement Fred Bunz est le grand *Ho-
ward Johnson's* des clochards — ce restaurant est
situé au 277 de la Bowery, à New York. Le
menu est écrit au savon sur les vitres. — Vous

voyez les clochards allonger avec réticence quinze cents pour avoir de la cervelle de cochon, vingt-cinq cents pour du goulache, et sortir en traînant les pieds, vêtus de minces chemises de coton dans la nuit froide de novembre pour aller dans la Bowery lunaire, avec un tesson de bouteille, dans une ruelle où ils restent debout, contre un mur, comme des jeunes voyous. — Certains ont des chapeaux d'aventuriers, tout mouillés de pluie, qu'ils ont ramassés près de la ligne de chemin de fer à Hugo, Colorado, ou des chaussures percées, jetées par les Indiens sur les tas d'ordures de Juarez, ou des vestes récupérées dans le lugubre salon d'exposition du phoque et du poisson. — Les hôtels pour clochards sont blancs et carrelés, on dirait de véritables W.-C. publics. — Dans le temps, les clochards disaient aux touristes qu'ils avaient été autrefois des docteurs pourvus d'une bonne clientèle ; maintenant ils disent aux touristes qu'ils étaient autrefois guides pour acteurs de cinéma ou directeurs en Afrique et qu'à l'avènement de la télévision ils ont perdu leurs droits au safari.

En Hollande, le vagabondage n'est pas autorisé ; il doit en être de même à Copenhague. Mais à Paris, vous pouvez être clochard — à Paris les clochards sont traités avec beaucoup de respect et il est rare qu'on leur refuse quelques

francs. — Il y a plusieurs classes de clochards à
Paris ; celui de la classe la plus haute a un
chien et un landau dans lequel il garde tous ses
biens — lesquels se composent en général de
quelques vieux numéros de *France-Soir*, de chif-
fons, de boîtes à conserve, de bouteilles vides,
de poupées brisées. — Ce clochard a parfois
une maîtresse qui le suit partout, lui et son
chien et sa voiture. — Les clochards de la classe
la plus basse ne possèdent rien ; ils restent
simplement assis sur les rives de la Seine et se
curent le nez en regardant la tour Eiffel. —

En Angleterre, les clochards ont l'accent anglais — ce qui les fait paraître étranges aux
Américains. — Ils ne comprennent pas les clochards en Allemagne. — L'Amérique est la pa-
trie des clochards. —

Le vagabond américain Lou Jenkins, natif
d'Allentown, Pennsylvanie, a été interviewé
chez Fred Bunz, dans la Bowery.

« Pourquoi que vous voulez savoir ça, qu'est-
ce que vous voulez ?

— Si je comprends bien, vous avez parcouru
toute l'Amérique.

— On lui donne pas un peu d'oseille au
gars, pour qu'il puisse boire un coup de vin
avant de parler.

— Al, va chercher le vin.

— Où ça va paraître, dans le *Daily News* ?

— Non, dans un livre.

— Mais qu'est-ce que vous foutez là les gars ? Enfin, où il est le pinard ?

— Al est parti en chercher — C'est du Thunderbird que vous voulez ?

— Ouais. »

Lou Jenkins se montra soudain plus exigeant.

« Au fait, vous pourriez me refiler un peu de fric pour ma crèche de ce soir.

— D'accord ; on voulait juste vous poser quelques questions. Par exemple : Pourquoi avez-vous quitté Allentown ?

— Ma femme. — Ma femme. — Ne vous mariez jamais, vous ne vous en remettriez pas. Vous voulez dire que tout ça va être dans un livre ?

— Allez, parlez-nous un peu des clochards, dites quelque chose.

— Eh bien, qui qu' vous voulez savoir des clochards ? Y en a des tas dans le secteur, plutôt coriaces en ce moment, ils ont pas d'argent — écoutez, si on allait se taper un gueuleton ?

— On se reverra à Sagamore. » (Cafétéria respectable pour clochards au coin de Third Street et de Cooper Union.)

« D'ac, les gars, merci mille fois. » — Il enlève la capsule en plastique de la bouteille de Thunderbird d'un coup de pouce expert. — Et

tandis que la lune monte dans le ciel, resplendissante comme une rose, il avale de longues
lampées avec sa grosse bouche goulue, à s'en
étrangler, gleub, scleup ! Et le vin descend et ses
yeux s'agrandissent, puis il passe sa langue sur
ses lèvres et dit : « H-ah ! » Et il crie : « Oubliez
pas mon nom, c'est Jenkins, J-e-n-k-i-n-s. — »

Autre personnage —

« Vous dites que vous vous appelez Ephram
Freece, de Pawling, New York ?

— Eh bien non, je m'appelle James Russel
Hubbard.

— Vous avez l'air très respectable pour un
clochard.

— Mon grand-père était colonel dans le Ken-
tucky.

— Oh !

— Oui.

— Et qu'est-ce donc qui vous a obligé à venir
dans la Troisième Avenue ?

— J' peux pas, vraiment, je m'en moque, on
ne peut pas m'importuner je ne ressens rien, je
me moque de tout maintenant. Je suis désolé
mais... quelqu'un m'a pris ma lame de rasoir
hier soir, si vous pouvez me donner un peu
d'argent, je m'achèterai un rasoir Schick.

— Où le brancherez-vous ? Vous en avez la
possibilité ?

— Un Schick injector.

— Oh !

— Et j'emporte toujours ce livre avec moi — *Les Règles de saint Benoît*. Un livre sinistre mais j'en ai un autre dans mon sac. Un livre sinistre aussi, je crois.

— Pourquoi le lisez-vous alors ?

— Parce que je l'ai trouvé — Je l'ai trouvé à Bristol l'année dernière.

— Qu'est-ce qui vous intéresse ? Y a quelque chose qui vous intéresse ?

— Eh bien, cet autre livre que j'ai là est, euh... euh... un gros livre étrange — ce n'est pas moi que vous devriez interviewer. Parlez à ce vieux nègre, là-bas, avec son harmonica. — Moi j' suis bon à rien, tout ce que je veux, c'est qu'on me laisse tranquille.

— Je vois que vous fumez la pipe.

— Oui — du tabac Granger. Vous en voulez ?

— Vous me montrerez le livre ?

— Non, je l'ai pas sur moi. Y a que ça que j'ai sur moi. » Il montre sa pipe et son tabac.

« Pouvez-vous dire quelque chose ?

— Du feu ! »

Le clochard américain est en voie de disparition et il en sera ainsi tant que les shérifs opéreront, comme l'a dit Louis-Ferdinand Céline, « une fois pour un crime et neuf fois par ennui », car n'ayant rien à faire au milieu de la nuit, à l'heure où tout le monde dort, ils appréhendent le premier être humain qu'ils voient passer. — Ils interpellent les amoureux sur un banc, même. Ils ne savent absolument que faire dans ces voitures de police de cinq mille dollars, avec les appareils radio Dick Tracy, émetteurs-récepteurs ; ils ne savent qu'arrêter tout ce qui bouge, de nuit comme de jour, tout ce qui paraît se mouvoir sans utiliser l'essence, la vapeur, l'armée ou la police. — J'ai été moi-même vagabond, mais j'ai dû abandonner aux alentours de 1956 à cause du nombre croissant d'histoires, à la télévision, sur les méfaits abominables des étrangers portant des sacs qui marchaient seuls, en êtres indépendants. — J'ai été cerné par trois voitures de police à Tucson, Arizona, à deux heures du matin. Je marchais sac au dos pour aller passer une douce nuit à dormir dans le désert de la lune rouge :

« Où allez-vous ?

— Dormir.

— Où ?

— Sur le sable.

— Pourquoi ?

— J'ai mon sac de couchage.

— Pourquoi ?

— J'étudie la vie en pleine nature.

— Qui êtes-vous ? Vos papiers.

— Je viens de passer l'été au Service forestier.

— On vous a payé ?

— Ouais.

— Alors, pourquoi n'allez-vous pas à l'hôtel ?

— J'aime mieux le grand air. Et c'est gratuit.

— Pourquoi ?

— Parce que je fais une étude sur les chemineaux.

— Qu'est-ce que ça va vous donner ? »

Ils voulaient que je leur explique *pourquoi* je menais une existence de vagabond, et ils faillirent bien m'arrêter, mais je leur dis bien sincèrement ce qu'il en était et ils finirent par se gratter la tête en disant : « Allez-y, si c'est ça que vous voulez. » — Ils ne m'ont pas proposé de faire avec eux en voiture les sept kilomètres qui nous séparaient du désert.

Et si le shérif de Cochise m'a laissé dormir sur l'argile froide dans les parages de Bowie, Arizona, c'est uniquement parce qu'il ne savait pas que j'étais là.

Il se passe quelque chose d'étrange, vous ne pouvez même plus être seul dans les régions sauvages et primitives (les « zones primitives » comme on dit), il y a toujours un hélicoptère qui vient fouiner par là, et il vous faut alors vous camoufler. — En outre, on commence à exiger que vous observiez les avions étranges pour la Défense du Territoire comme si vous saviez quelle différence il y a entre les vrais avions étranges et tous les autres avions étranges. — Pour moi, la seule chose à faire c'est rester dans sa chambre pour se soûler et abandonner les idées de camping et de vagabondage car il n'est pas un seul shérif ni un seul garde forestier dans aucun des cinquante États de l'Union qui vous laissera cuire votre manger sur quelques brindilles enflammées, dans la broussaille de la vallée cachée, ni nulle part ailleurs, parce qu'il n'a rien d'autre à faire que d'appréhender ce qu'il voit se déplacer au-dehors, sans le secours de l'essence, de la vapeur, de l'armée ou du commissariat de police. — Je ne m'obstine pas... je me contente d'aller dans un autre monde.

Ray Rademacher, un gars qui reste à la Mission, dans la Bowery disait récemment : « Je voudrais que les choses soient comme autrefois, quand mon père était connu sous le nom de Johnny le Marcheur des Montagnes Blanches. — Une fois, il a remis en place les os d'un jeune garçon, après un accident ; on lui a payé à manger et il est parti. Les Français de la région l'appelaient « Le Passant ».

Les vagabonds d'Amérique qui peuvent encore voyager d'une manière saine ont gardé une certaine vitalité ; ils peuvent aller se cacher

dans les cimetières et boire du vin dans les bos-
quets des cimetières et uriner et dormir sur des
cartons et fracasser des bouteilles sur les
tombes, sans se soucier des morts, sans en avoir
peur, pleins de sérieux et d'humour dans la
nuit qui les protège de la police, amusés même,
et abandonnant les papiers gras de leur pique-
nique entre les dalles grises de la Mort Imagi-
née, maudissant ce qu'ils croient être les jours
véritables ! Mais le pauvre clochard des bas
quartiers, qu'il est à plaindre ! Il dort là, sous
le porche, le dos au mur, la tête sur la poitrine,
la paume de la main droite tournée vers le haut
comme pour recevoir l'aumône de la nuit, l'autre main pend, solide, ferme, comme celles de
Joe Louis, pathétique, rendue tragique par
d'inévitables circonstances — la main, comme
celle d'un mendiant, est tendue, les doigts suggèrent, semble-t-il, ce qu'il mérite de recevoir,
ce qu'il veut recevoir, ils modèlent l'aumône,
le pouce touche presque l'extrémité des doigts
comme si, du bout de la langue, il était sur le
point de dire dans son sommeil, et avec ce
geste, ce qu'il ne pouvait pas dire quand il était
éveillé : « Pourquoi m'en avoir privé ? Pourquoi
ne puis-je respirer dans la paix et la douceur
de mon propre lit, pourquoi suis-je ici dans ces
haillons sinistres et innommables, sur ce seuil
humiliant ? Il faut que je reste assis à attendre

que les roues de la ville se mettent à rouler » ;
et il continue : « Je ne veux montrer ma main
que dans mon sommeil, je suis incapable de la
redresser, alors profitez de cette occasion pour
voir ma prière, je suis seul, je suis malade, je
me meurs — voyez ma main ouverte, apprenez
le secret de mon cœur humain, donnez-moi cet
objet, donnez-moi votre main, emmenez-moi
dans les montagnes d'émeraude, hors de la
ville, emmenez-moi en lieu sûr, soyez bon,
soyez humain, souriez. — Je suis trop fatigué de
tout le reste maintenant, j'en ai assez, j'abandonne, je m'en vais, je veux rentrer chez moi,
j'y serai en sûreté, et enfermez-moi, emmenez-
moi là où tout est paix et amitié, vers la famille
de ma vie, ma mère, mon père, ma sœur, ma
femme et toi aussi mon frère, et toi aussi mon
ami — mais aucun espoir, aucun espoir, aucun
espoir, aucun espoir ; je m'éveille et je donnerais un million de dollars pour être dans mon
lit — Ô Seigneur, sauve-moi. — » Sur les routes
maléfiques derrière les réservoirs à pétrole, là
où les chiens sanguinaires montrent les dents
derrière les grillages, les autos de police bon-
dissent soudain comme des voitures d'évadés,
mais elles proviennent d'un crime plus secret,
plus funeste que les mots ne peuvent le dire.

Les bois sont remplis de geôliers.

DÉCOUVREZ LES FOLIO À 2 €

Composition Nord Compo
et impression Bussière
à Saint-Amand (Cher), le 16 avril 2002.
Dépôt légal : avril 2002.
Numéro d'imprimeur : 22184.

ISBN 2-07-042316-6./Imprimé en France.